最惡拍檔

人物設定

修蕾

梵杉學園的理事長

喜歡裝無辜，永遠笑臉盈盈實則腹黑的美女理事長。
有一雙長腿，和姣好的身材。
襟口別著代表梵杉學園理事長身分的金色校徽。

封印能力：
擁有自由轉換性別的能力，真實的性別無人知曉。

最惡拍檔

人物設定

奕天行（奕君）

引渡人總部的聖騎士團團員之一，
擁有光明騎士的稱號。
被熟悉的人稱為奕君,
是洛菲琳的導師兼監護人，
喜歡龐克裝扮，胸前掛了一個金色
大十字架。

外表親切和善，被總帥委託來到梵杉
學園擔任老師。
看起來像是一個好老師，
到梵杉學園任職似乎另有目的。

三日月

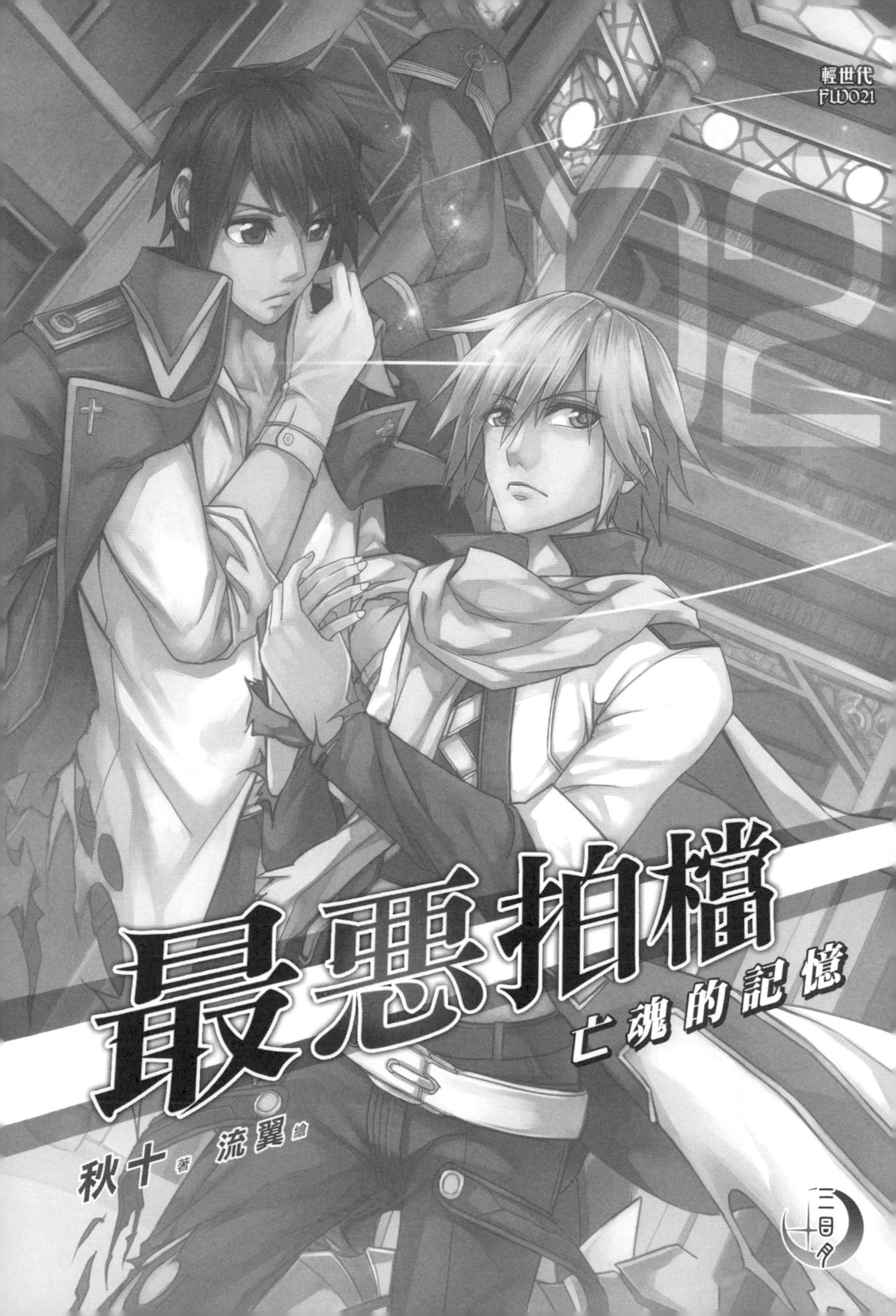
輕世代
FW021
02
最惡拍檔
亡魂的記憶
秋十 著
流翼 繪

最惡拍檔

目錄

楔子 拍檔與法陣 …… 7

CH1 新來的同學 …… 25

CH2 書中的亡魂 …… 45

CH3 貴族的學園 …… 71

CH4 美人與書 …… 89

CH5 火靈與襲擊 …… 109

CH6 宿敵與歌聲 …… 127

CH7 回憶與操控 …… 149

CH8 神祕人的目的 …… 169

CH9 尼瑙之眼 …… 181

CH10 復活與仇根 …… 199

尾聲 有他的守候 …… 215

楔子　拍檔與法陣

最惡拍檔

「成為執牌引渡人是我的夢想，也是我唯一肯定自己的途徑。

我一直以為當上引渡人是一條註定孤獨的道路，直到兩個月前，我在很倒楣的情況之下，認識了一個叫做白優聿的男人。

自此，我的引渡人生涯開始產生了變化。

或者，我該說，在遇上這個男人之後，是我不幸的開始。」

清晨，望月在日記本上寫了洋洋灑灑整頁的「訴狀」，不外都是記錄自己遇上某個男人之後發生的倒楣事件。

兩個月前，那個被總帥大人親自點名送進梵杉學園重新學習的笨蛋見習引渡人，白優聿，闖進了他的生活，成為他的新搭檔。

不管願意與否，這個叫做白優聿的笨蛋註定和他糾纏不清。

他放下筆，雙手捧起桌上的水晶球體，心情變得有些複雜。

一幅美麗的圖畫呈現在眼前。是一位慈祥的母親抱著一個金髮、藍眸的可愛小男孩的圖像。

「母親，我是不是應該和修蕾大人直言，請她幫我安排另一個搭檔？」望月輕聲問著。

自從伯爵府的任務結束之後，修蕾大人也不知是故意還是無心，他和白優聿到現在都沒再出任務。

他每天就是過著上課、放學的普通學園生涯，沉悶得讓他快以為自己不是見習引渡人了。

「真讓人著惱。」望月說完，輕嘆一聲，小心翼翼放下水晶球之後陷入沉思。

但是，他的沉思很快被某人夢囈的聲音打斷。

「我要……我還要嘛……嗯……噢……來吧……美女……」曖昧不明的低吟在清晨聽來，特別容易惹人發火。

額頭上的青筋隱現，望月惱怒瞪向癱在床上睡死的白某人，實在不明白為何兩個月來的「特別訓練」，還是無法讓對方收斂一下這個壞習慣。

無妨……他不介意重複訓練對方，也順便為自己出口怨氣。

他極快從抽屜、衣櫃翻找出大小不一、款式各異的鬧鐘，當然這翻找的聲音完全影響不了白優聿的睡眠，後者還在繼續發出奇怪的夢囈聲。

等到望月把所有鬧鐘圍繞在白優聿的四周，設定好時間，下一分鐘他訓練有素地捂住耳朵，往後退開三步。

「叮叮叮鈴——」

「早安，祝你有個愉快的一天——」

「這裡有炸彈，十秒後引爆，十、九、八——」

「啊喂兔崽子、起床咯——」

「轟隆隆、啪啦啦、轟隆隆——」

最惡拍檔

此起彼落的鬧鐘響起，從最傳統的簡單鬧鈴聲到各式以語音來作鈴聲的鬧鐘，也有類似金屬碰撞的聲音，整個房間變得好不熱鬧，簡直就像一場交響樂，只不過是雜亂無章了些。

癱睡在床上的黑髮男子像是被雷劈中，慌張地彈跳而起，但每次睡醒、神智依舊模糊的對方都會忘記一個要點——那就是自己的右手被銬在床腳。

一旁的望月雙手環抱，等著有趣的一幕發生。

急著彈跳而起的某人重新摔下，木床再次發出慘厲的悲鳴，大有當場被壓斷的可能，然後，對鬧鐘聲嚴重厭惡的白某人，慌張地伸出左手按停每一款鬧鐘，甚至還使出生平絕活，探出腳趾頭把距離最遠的公雞鬧鐘按停。

直到房間回歸清晨的寧靜，幾經波折的白某人躺在床上，累得喘氣。

「我、我一定會……宰了這個臭小子……」

望月嘿的一聲冷笑出來。「閣下要宰哪位臭小子？」

要是答案不能讓他滿意的話，他會考慮讓自己的「拳頭」招呼一下姓白的。

「望月！」冷颼颼的話音響起，白優聿一坐起就看到臉色陰沉的金髮少年。

「早啊。」眼底毫無笑意的望月完全沒有道安的意思。

「早……」你個頭！白優聿心中暗罵。

兩個月來，他每個早上都要經歷這種非人的折磨，現在的他終於明白為何沒人願意當上望月的室友。

因為這傢伙不止脾氣古怪，還帶有嚴重虐待他人精神的傾向！

「平日有不乾淨的想法倒也罷了，連睡覺也要發出那種作噁的聲音。」望月盯著他，沒有半分的歉意。「你該好好檢討一下。」

「是嗎？我怎麼覺得應該檢討的人是你才對？」許是還有起床氣，白優聿很大膽地反駁。

自從白優聿搬進他房間之後，望月想出了一套全新的整治「色拍檔」手冊。包括用鬧鐘懲罰對方。也包括……用手銬把對方銬好。

說是什麼為了防止他半夜起身偷襲別人，就硬是為他加上一副手銬。真是一個自戀狂！白優聿一邊開鎖一邊偷罵，臭小子把他當成什麼了？他有可能飢不擇食到這種地步嗎？

他正自嘀咕著，望月慢條斯理從褲袋掏出鑰匙，拋了過來。「自己搞定。」

白優聿接過，臭著臉解開右手上的手銬。

這該死的手銬簡直侮辱他的尊嚴！踐踏他的自尊！他這個可憐善良的男人唯有在望月暴力淫威之下，過著忍氣吞聲的日子。

白優聿不由自主地感嘆起來。「臭望月，把我當作是囚犯，你這個刻薄的獄長，終有一日我會把你這個刻薄的獄長——」

就要把最惡毒的話罵出口的白某人眼角一瞄，剛好看到望月從洗手間走了出來。白某人立刻心虛地吹著口哨，裝作沒事發生。

「你幹什麼？」望月狐疑地盯著他。

「沒什麼。」

「對了，待會兒上課前跟我到儲備部門走一趟。」

昨晚，儲備部門的負責老師特地過來通知他，說總部寄來了一個包裹，要他和白優聿領取。

儲備部門的功用就像一般學園的販賣部，只不過他們販賣的，多數是見習引渡人出任務時需要用到的器材，也兼職幫忙學園內的學生寄送和簽收包裹。

雖然他不知總部為何會寄包裹給他和白優聿，不過他相信待會兒拆開包裹就明白一切了。

「嗯。」嘴裡是如此應著，白優聿的瞌睡蟲再次來襲，他望了一眼牆壁上掛著的時鐘。「時候還早，就讓我多睡一下……」

說完，他倒下扯過被子，哪知道被子的另一端被望月一手揪過。

「拜託啦，離上課時間還有一個小時、一個小時耶！我只需要十五分鐘就可以準備就緒去上課──」

「白優聿。」完全漠視黑眸裡頭寫滿的哀怨，望月乾脆把被子扯開，扔去床角，冷聲警告。「我數到十，你再賴床就死定了。」

「望月大人，我昨晚凌晨才入眠，你就通融一下，給我睡多十分鐘。」

「八、七、六……」

「真的十分鐘就好！我發誓！」

「四、三、二……」

「好啦！知道了啦！」

鬆著腕骨的望月看著白優聿急快跳下床，一邊低罵臭小子一邊快閃進入浴室，他才收回威脅性十足的拳頭。

真是的，明明就是一個比他年長好幾歲的大人，但是每天早上姓白的必定像個孩子一樣喜歡賴床，等到他以拳頭威脅，對方才不甘不願起身梳洗。

他真的懷疑白優聿的腦袋是不是有問題，要是跟姓白的相處久了，說不定也會被感染。

望月坐了下來，支著下頷陷入思忖每次靜下來思考，他都會猜想修蕾大人讓白優聿和他搭檔的原因。

「欸，我就告訴你，我梳洗很快——喂，望月？」

大手在望月面前揮了揮，白優聿立刻接收到「望月必殺眼神」，他聳肩。「我以為你睡著了。」

「說什麼廢話。」望月站起，決定待會兒去了儲備部門之後再找修蕾大人談一談。「準備好就出門。」

儲備部門在學園行政大樓的底層，教員室和理事長室依序建在第一層和第二層樓，最頂端的是機密會議室，聽說只有學園內的老師和理事長才可以進去。

除此之外，一般人要進入會議室的方法只有兩個。

一、由任何一位老師或是理事長親自帶他們進入。

二、進入者是一個懂得解開繁複法陣的高手，不然只要一進入法陣的範圍，被視為入侵者的他們就會被法陣的力量燃為灰燼。

因此，鑒於存在的危險性，三樓的機密會議室是梵杉學園學生的禁區。

所以，當望月和白優聿來到儲備部門，被負責老師告知他們必須親自上三樓，到機密會議室領取包裹之時，他們的臉色可想而知的難看。

「慕尼老師，您是不是搞錯了？我們的包裹……」望月恭謹地問著。

眼前被稱為慕尼老師的矮胖女人接話：「就在三樓的會議室。」

「可是三樓會議室不是一般學生可以進入的吧？大嬸。」白優聿翻白眼。

不用多問，一定是狐狸總帥搞的鬼，再不然就是腹黑理事長修蕾要惡整他！

「嗯、哼！」慕尼老師瞪著無禮的白優聿，後者立刻察覺自己說錯話，連忙陪笑認錯，她不管厚臉皮的黑髮男子，轉向望月。「望月，這是理事長的意思，她說那份包裹實在太重要了，所以不能擺放在普通人隨手可及的地方。」

「那也不代表需要把包裹放在有法陣保護的會議室啊！」白優聿立刻抗議。

這班腦殘的傢伙！

「理事長的意思是，能不能拿到總部寄來的包裹就要靠你和白優聿的領悟力。」

也就是說，這是一場測試，成功者才可以得到總部寄來的包裹。

望月點頭表示明白，這麼一來，他更有興趣想知道包裹的內容。

身後的白優聿還要繼續表達不滿，他伸手揪過對方的後領，扯著對方往樓上走去。

「喂，現在是去找修蕾要她帶我們進去嗎？」

「不是。」

「嗄？你真的打算就這樣闖法陣？」

「對。」

「神經病啊你！」白優聿沒好氣地翻個白眼，七早八早的他早餐都來不及吃，就要他去玩命？

「我不幹了，你自己去拿包裹，我現在要去吃早餐然後上課——」

一轉身，他的後領再次被揪過，冷颼颼的嗓音落下：「你沒聽清楚剛才慕尼老師說的話？修蕾大人的意思是要我們兩個一、起、去領包裹。」

望月一副「我絕對不會違背修蕾大人的命令」的表情……白優聿不禁嘆氣。

「唉，我為什麼要和你這個變態做搭檔啊？」跟著望月無疑就是找死。

「放心。拿到包裹之後，我會和修蕾大人商量換搭檔的事。」望月冷冷回話：「我也不想和變態色狼一起搭檔。」

「是噢？謝天謝地，你最好別看上我！」白優聿反譏。
「我只有修蕾大人就足夠。」少年倒是答得自然又認真，讓白優聿嗤之以鼻。
兩人就這樣一直抬槓，終於來到三樓。
三樓處的走廊右側掛著一個白色的牌子：學園禁地，閒人免進。
左側則掛著另一個白色的牌子：擅自闖入，後果自負。
「這裡寫得很清楚，闖入者不得好死，我們還是別來這麼恐怖的地方，總部寄來的包裹也沒什麼特別——」
大手一撈，金髮少年扯過要開溜的白優聿，無視後者的抗議，直接拖著對方來到一扇雕功精細的檀木大門前，這扇門的背後是一條寬敞的通道，直接通往會議室。
當然通往會議室的通道設有許多繁複的法陣，如果沒有老師等人的帶領，學生是無法闖過法陣到達會議室。
這是修蕾大人給他和白優聿的考驗。雖然他對修蕾大人此舉感到不解，但「從不質疑、絕對服從」是望月對修蕾的承諾。
一想到這裡，望月出手推開了門，阻攔不及的白優聿氣餒地垂下肩膀。
檀木大門發出沉重的咿呀聲，緩緩往兩側打開，呈現在他們眼前的是一條寬敞無異的通道。
越是平凡的東西越是危險，白優聿深深明白這個道理。
「走。」但是走在前面的望月完全不明白這個道理。

而且，還揪過不願往前的那個傢伙直接踏入虎口。

白優聿在心底暗自祈禱，走在前面的望月倏地停下腳步，他不用多問，已經明白望月停下的原因。

光潔如玉的地板上出現許多大小不一致的圖騰，全部隱隱泛著光芒。

仔細一看，這圖陣好像是一雙巨人的雙臂，高舉著迎向來人。

「龍朵的擁抱。」望月唸出法陣的名稱。

他曾經上過一個學期的法陣研究課，書上記載的法陣之名和來由他都背得滾瓜爛熟，只是書上甚少提及解開法陣的方法。

因為每一個法陣，都會隨著施陣者的性格和力量而變得有所不同。

因此，只有施陣者懂得解開自己施下的法陣，其他人的話，除非天賦過人，不然很難破解這些法陣。

更別提此刻呈現在他們眼前、百多年來守護著會議室通道的——龍朵的擁抱。

「去你的擁抱。」白優聿嘀咕一句，立刻換來望月的一瞪。

「噢，別管我，你請便。」他聳肩攤手。

望月忍下要踹飛黑髮男子的舉動，轉身凝睇著法陣，其實他沒有把握可以破解法陣。

「算了，破解不了就別破解，我們各自回去……」白優聿越說越小聲，因為望月已經以眼神警告他閉嘴。

「好，不說就不說。」

白優聿的舉手投降讓望月斂回惡狠眼神，他微挑眉，白優聿的話倒是提醒了他一件事。

對……破解不了就別破解。他清楚自己的力量根本無法和當年的施陣者相比，所以靠自己力量來破除法陣的成功機率根本是零。

或許他不需要破解，只需要找出安全通過的方法就行。

「白優聿。」望月朝身後打算偷溜的某人勾一勾手指。

突然被喚到名字的黑髮男子頓時全身一僵，苦著一張臉打消逃走的念頭，認命地來到望月身側。「是，望月大人？」

「根據書上的記載，每一個法陣有著屬於它們的獨特之處。要完全破解法陣是不可能的事。」望月冒出一句話。

白優聿立刻豎起大拇指贊同。「那麼我們就閃人——」

他打斷白優聿，繼續說著：「但是，我還記得老師說過，法陣好比有生命和靈性之物，透過感應力和施陣者達成相同的心意，為施陣者守護他們要守護的東西，重點就在這裡。」

「嗯？」白優聿有聽沒懂。

「你還是不明白？」望月的提問換來白優聿誠實的點頭，少年立刻蹙眉。「真笨。」

「是，那就煩請聰明的望月大人再以人類聽得懂的話解釋一遍。」靠！誰聽得懂你說的鬼話？

「換句話說，只要法陣感覺不到自己守護之物有被侵犯的危險，法陣將不會自動開啟。」

這一下白優聿總算聽明白了，他打起一記響指，高興地搭過望月的肩。

「也就是說，只要我們不表現出侵犯之意、不讓法陣覺得我們的存在具有威脅性，我們就可以安全通過法陣、到達會議室！」

望月給他一記「那還用說」的眼神，推開他的手，指向前方。

「你先走。」

「嗄！」就要邁步踏向前方的白優聿倏地擰眉，回過頭來。「可是……我們要怎麼不讓法陣覺得我們有威脅性呢？」

他剛剛興奮得忘記問重點。幸好現在腦袋及時清醒過來。

「你走過去之後我就知道了。」望月雙手環抱，好整以暇地回答。

「噢，我走過去就知道……什、什麼？臭小子！你根本就不知道方法！所以拿我當實驗品！」白優聿氣得跳腳。

「放心，我不會讓你死的。」最多受傷而已嘛。

「你、你這是什麼狗屁搭檔？竟然拿自己室友兼搭檔的性命來開玩笑！我死也不過去！」

「由不得你，你可以選擇走過去，或是……我『好心』送你過去也行。」

語畢，萬惡的望月竟然當場解開封印，銀色的蝴蝶在白優聿身周翩翩起舞，就等著主人的號令將他強行推過去。

「死、死望月，你會受到天譴的！」嗚嗚，上天保祐，千萬別讓他英年早逝。

白優聿哭喪著臉，戰戰兢兢踏出第一步。在他身後的望月神情並沒有輕鬆到哪裡去，他的冥銀之蝶緊隨著白優聿，準備隨時在對方有危險的時候將對方拉回來。

望月總沒有理由讓對方在修蕾大人的地盤上出事、連累修蕾大人。

再說，他剛才瞥到了天花板上面吊著的白水晶飾燈，極快地聯想到了一個推斷。

如果他沒有猜錯的話，下一步應該是這樣。

「白優聿，停下。」

踏出第三步，幾乎要踩上地面上的巨人雙臂法陣的白優聿立刻停下腳步，大聲抱怨。「想嚇死我啊？現在又要怎麼樣？」

「看到你頭上的水晶飾燈嗎？跳過去站在飾燈的下面。」

「嗄？飾燈下面距離我這裡足足有五尺！是五尺耶！你當我是跳遠冠軍嗎？」白某人怪叫著。

「不想死的話就照做。」一句話堵死多話的白某人。

白優聿一邊咒罵一邊捲起袖子，擺出要跳遠的架勢，哪知道他正要使出生平絕活奮力一跳，一道清亮的嗓音阻止了他。

「等一下！」

「媽的！你這該死的——」管不了罵出來的話是不是屬於禁語，白優聿咬牙切齒回頭一瞪。

陡然間，他如遭雷殛，整個人愣在原地，大腦有好幾秒鐘的空白，過了好一下他才倒抽一口氣。

美、美女！

出現在望月身後揚聲阻止他的人……竟然是一位氣質非凡、相貌非凡的美女！

酒紅色的短髮微捲，身上散發清純活潑的氣息，她戴著一副金框眼鏡，最吸引人的是閃著緋色光澤的豐唇，還有，她的膚色也很白皙透亮，再配上米白色的小洋裝，她看起來就像天使一樣優雅可人……

要不是白優聿還有保持幾分清醒，知道此刻自己正待在致命的法陣之中，他肯定會擺出最迷人的俊態上前挽住天使的手，好好介紹自己。

「妳是誰？」

望月冷聲開口打斷白優聿的遐想，擋去白優聿的視線。

「你好，我是洛菲琳，今天剛由總部安排過來入學的插班生。」少女禮貌地伸出手，卻因為望月絲毫沒有要握手的意思而微蹙眉，抽回了手。

「要報到的話請去一樓的教職員辦公室，那裡的訓導主任會帶妳會見理事長。這裡是機密會議室，不是一般學生可以來的地方。」

「我是奉了理事長的命令來這裡的。」洛菲琳臉不紅、氣不喘的解釋，還上下打量著望月。

「既然這裡不是一般學生可以來的地方，你和他怎麼會在這裡出現？」

好樣的！白優聿暗自喝彩，美女不僅貌美，而且還伶牙俐齒，他最喜歡這種美貌與智慧並重的美女了！

「我們同樣奉了理事長的命令過來。」才說完，望月狐疑地打量她。「這麼說來，妳也是要進去機密會議室？」

「沒錯。」洛菲琳許是不太喜歡望月的自傲態度，不再多話就這樣越過他，來到法陣面前。

「另外，站在那兒的大叔，你別亂來，不然你下一步就可能會讓法陣發動喔。」

大大大大……大叔？是在說他嗎？

白優聿一臉不贊同。「洛菲琳小姐，我覺得妳需要摘下眼鏡重新再端詳我一遍……咦？」

果然，洛菲琳將金框眼鏡摘下，但眼神不是落在白優聿的身上，而是盯著地板上的法陣。

過了沒多久，紅髮少女重新戴上眼鏡，自信滿滿地踏上一步。

「我知道怎麼進去了。要進去的話請跟我來。」

CH1

新來的同學

梵杉學園行政大樓第三層的機密會議室內——

「嗯哼，我現在向你們各自介紹，在我右手邊的是望月同學和白優聿同學，他們目前是梵杉學園內表現最出色的一組搭檔。」

修蕾站起，朗聲介紹著在場各人。

她今天穿了低領長袖薄襯衫，頸上繫了一條淡紅的絲巾，剛好遮去她若隱若現的事業線。

白優聿一臉黑線地看著身側的修蕾。

仔細端詳之下，他覺得修蕾還是美女之中的美女，依舊是美得讓人心跳加速。

說到底，他還是不能夠接受她上次變身男版修蕾一事。

自從上次的「恐怖約會事件」之後，他已經有兩個月沒近距離接觸修蕾。每次當他在望月面前提起「修蕾到底是男是女」這個問題之後，望月的反應就是抿緊嘴巴，一個字也不提。

他納悶到了極點。有機會，他一定要好好查出真相。

「在我左手邊的是由總部推薦進來入讀的插班生洛菲琳．葉亞小姐，相信剛才你們已經和她打過招呼了。」

望月礙於修蕾在場，勉強地向笑得燦爛的洛菲琳頷首示意，白優聿則展現最迷人的笑容順便讚譽著對方。

「剛才多虧洛菲琳的幫助，我和望月才可以平安無事地進來。」

白優聿真的沒想到洛菲琳只是簡單地瞧了法陣一眼，就知道如何安全地進入，比臭臉望月強得多了。

「不客氣。」紅髮少女微笑點頭。

「好了，你們互相認識之後，我這裡還要為你們介紹一位從總部直接調任過來，將在這裡擔任導師的重量級人物。」

修蕾說畢，輕輕一擊掌，會議室休息間的門立刻被打開，一個穿著黑色長袍、頂著斗篷的高大男人走了出來。

「這一位是奕天行老師，以後將會擔任一年級的主講老師。」

高大男人並沒有拉下斗篷也不開口說話，只是朝在場的各人點頭示意。

白優聿盯著這位從總部調任過來的新導師，不禁挑了挑眉。

對方的身影看起來……好像有些熟悉？

望月清咳一聲，問起他從踏入會議室就很想知道的問題。「請問修蕾大人，總部寄來的包裹是……」

「噢，那不過是一個玩笑。其實總部並沒有寄包裹過來，這麼說吧，奕老師剛巧調任過來，他對你們兩位還有龍朵的擁抱深感興趣，所以我就把你們叫來會議室，順便考驗一下你們。」

修蕾微笑著回答，輕鬆得彷彿在討論今天的天氣。白優聿立刻咬牙切齒在心底暗咒這個腹黑分子，同樣被耍弄的望月雖然也有些不悅，但對象是修蕾大人，他只好默默忍下。

「抱歉，望月同學、白同學。」

新調任過來的奕天行終於拉下斗篷，露出一張令人覺得熟悉的臉龐。

「啊！」

望月瞪向身側大驚小怪的白優聿，白優聿霍地站起指著對方。「奕、奕君?!」

「請稱呼我為奕老師，畢竟這裡是學園，不是總部。」

「你……哈哈哈！笑死我了！你竟然當老師？」

奕天行將身上的黑袍解下，完全漠視笑得類似神經錯亂的白優聿，眾人這時才看清楚他的裝扮，不由自主倒抽一口氣。

望月只能說奕天行的教師身分和一身的裝扮……實在是天差地遠又不倫不類。

龐克裝扮，右手腕戴上鑲有白色水晶的鋼環，左手戴上黑色透亮的半截手套，手套上還畫了一個很眩目的銀色骷髏頭。此外，他胸前掛了一個金色十字架，這個應該算是他身上最普通的一件飾物。

「理事長，我知道你們學園裡並不鼓勵師生的穿著過於顯露個人風格，所以我已經將身上這些飾物減少了三分之二，但有些重要飾物是不可以輕易脫下，請妳見諒。」奕天行解釋著。

「嗯……我明白。」修蕾隨便點了點頭，眼神還在端詳著對方身上的飾物，一副饒富興味的表情。

減少三分之二？望月挑眉，難以想像奕天行原本的樣子。

他瞄了身側的白優聿一眼，後者已經笑夠了，正以審視的眼神盯著奕天行。

看樣子白優聿和奕天行早在引渡人總部就認識了，關於奕天行的一切，也只有白優聿最清楚。

「對了，我要向兩位同學致歉，邀請你們過來會議室並考驗一下你們的建議，是我向理事長提起的。」

此話一出，奕天行頓時接收到白優聿和望月的瞪視。

「真的很抱歉，我讓你們兩位感到困擾了。」他舉起手，安撫著兩人。「不過就兩位剛才的表現看來，理事長和我都有了一番新的見解。」

奕天行轉過來，詢問笑得別具深意的修蕾。「對嗎？理事長。」

修蕾大人除了要考驗他們之外，還別有用意？望月不解地看著修蕾，後者頷首，示意奕天行說下去。

「你們真是我見過史上最……」奕天行一擊掌，隨即搖頭。「不合拍的搭檔。」

「嗤。」

此話一出，白優聿和望月分別冷哼一聲。他們還以為對方要發布什麼重要發現呢，原來只是這項他們早就知道的事實。

「不僅無法配合、互相輔助彼此的缺點，還有一個共同的缺點——」奕天行一副遺憾的樣子。「遇著危機的時候，你們完全無法達成共識，甚至無法清楚地分析危機。」

奕天行說畢，眼神投向一直沒說話的洛菲琳。

「到最後還需要一個學妹的幫助才可以過關。洛菲琳，妳做得很出色。」

洛菲琳高興地站起，微躬身。「謝謝奕老師的讚賞。」

望月冷冷地睨了洛菲琳一眼，白優聿則掏了掏耳朵。

「欸，既然如此，有勞理事長大人將我們拆夥，讓我們各奔前程算了。」這樣最好，省得他一天到晚都在擔心自己不知何時會被望月推入火坑。

「修蕾大人，我完全贊同白優聿的建議。」望月舉手附議。「我不想有個老是扯後腿的搭檔。這會影響我在任務中的表現。」

「正確！我更不想有個老是會帶自己往陷阱裡頭鑽的搭檔！」

「更正一點，是你自己怕死。」

「哈哈，我怕死總好過你不知死活！」

「夠了。」

眼見兩人又要吵得不可開交，修蕾揚手制止，把燙手山芋拋回給奕天行。「奕老師，要如何糾正他們兩個的事就交給你辦。」

望月挑眉，修蕾大人的意思是……

「別在我面前再提拆夥的事。你們從搭檔的第一天開始就註定了是彼此的搭檔，直到你們其中一人畢業離開學園為止。」修蕾乾脆說個明白。

望月只得默不作聲，握緊拳頭，白優聿哀呼一聲，摀著額際別過臉去。

「因此，為了培養你們兩人的默契，我要求你們兩位每天下課之後到諮詢室一趟，進行心理輔導和評估，我會和校醫密切合作，讓你們『打從心底』認識彼此。」奕天行接下來的宣布，真正讓望月瞠目、白優聿幾乎暈倒。

「我抗議——」

「可以了，這裡沒你們的事，請你們回到各自的班級上課。」修蕾手一揮，緊閉的會議室大門打開，漠視白優聿的滿腔怨言。

「我為什麼要聽你們的?!修蕾妳這隻狐狸、奕君你這個可惡的……望月別揪著我，我要抗議……」

望月站起行禮，揪過喋喋不休的白優聿走出會議室。

直到白優聿的抱怨聲逐漸遠去，修蕾才雙手環抱，背靠向後盯著眼前兩人。

「怎麼樣?你們兩位都把他們看清楚了?」

洛菲琳一笑。「我較喜歡白優聿，他傻傻的，真可愛。望月呢……又冷又傲，壞脾氣。不過，我相信我可以和他們相處得來。」

「奕君呢?」修蕾看向自二人走後就陷入沉思的奕天行。

「我比較擔心接下來的事情。」奕天行搖頭。「我沒有洛菲琳的樂觀。」

洛菲琳再次一笑，現在的她是學生身分，負責的事當然沒身為老師的複雜。所以她站起，揮了揮手。

「理事長，我也該回去上課了，不打擾您和奕君的交談……噢不，是奕老師才對。再見。」

美麗曼妙的身影極快隱去，修蕾的眼神重新落在對座男人的身上。

「別用那種眼神盯著我，我會覺得有壓力，理事長。」

奕天行把玩著胸前的十字架，要不是總帥說「到梵杉學園去、幫修蕾一個忙」這句話，他才不會放下自己的工作過來自找苦吃。

「我只是在想總帥大人怎會如此急促，事先並沒有知會我就讓你和洛菲琳過來？」

「這個我也不清楚。不過，洛菲琳是我帶來的，不是總帥大人直接任命。當然，我已經向他彙報了。」

「嗯嗯，好吧。我現在就去給總帥大人彙報一下。」修蕾站起，主動結束談話。臨走前她回頭，留給奕天行一記諱莫如深的眼神。「希望你不是過來監視我的喔。」

男人不語，繼續把玩著十字架。直到修蕾離去，他才輕笑搖頭。

「嘖，又是一個敏銳到不行的傢伙。」

「引渡人的總部座落於首都梅斐多城，由總帥大人直接負責任務的下達和指令。除此之外，總部還有三個被外行人稱為『分設』的團體存在。『分設』負責的是任務之外的事務，分別包括負責監督引渡人紀律品德的『淵鳴』、處理引渡人能力範圍以外事務的『獨羅』，還有就是負責聯繫各地機要組織、維護引渡人權益和形象的外交部門『亦輪』。等到各位升上三年級，開始出任務的時候，各位最常接觸的將是屬於『獨羅』分設的情報組。」

清晨無限好，上的第一堂課是講解引渡人總部運作的入門課，主講老師是前些日子剛從總部調任過來的奕天行老師，同學們有的開始偷偷議論著新老師的相貌和外型。

對於奕天行作為老師一事，白優聿的心態，已經從一開始的不可置信到現在的完全不當對方是一回事。

因為要是他繼續想下去、繼續深究下去，這僅會為他帶來許多苦惱，他並不能得益。

所以，上課的時候他乾脆坐在最後一排，支著下巴裝作努力記下要點，實則上手裡畫著一個又一個趣怪的圖畫。

一隻有角的兔子。

嗯嗯，惡趣味。

他寫下「望月」兩個字，還特地畫了一個箭頭，指向長角的兔子。

「他們說升上三年級之後就可以出任務。如果表現得好的話，還可以提前畢業成為執牌引渡人，真讓人期待。」一陣聲音響起，白優聿不禁往聲音的來源瞧去。

和他坐在同一排的洛菲琳支著下頷，臉上泛起嚮往的光芒，酒紅色的頭髮在陽光的投射下，映出淡淡的緋紅色彩。

噢，他忘記了，美少女洛菲琳是新生，和他同樣要上這堂課。

「你說是嗎？」洛菲琳偏首，對他一笑。

好燦爛的笑容。說實在的，洛菲琳是一個非常亮眼的少女。不過，人家除了樣貌亮眼之外，成績也非常亮眼。

之前那堂引渡惡靈理論課，她就被向來挑剔的慕尼老師點名讚好。

不知怎的，如此亮眼的洛菲琳意外地勾起他記憶深處的另一張臉孔。

那個女人同樣是亮眼得刺眼，他從小就處處受到她的打壓。可是仔細想起來，那段日子卻過得挺快樂……

「對了，白同學，我還沒向你道歉呢！那天我因為望月學長的關係，所以對你言行間有些失禮了。」洛菲琳臉上微紅。

思緒被打斷的白優聿咦了一聲，搖頭一笑。「算了，我不介意。」

「呼，那就好。我真擔心你從此不和我說話呢。」

「哪裡哪裡，我最好客了，最喜歡就是和美女攀談。」

嗤，這算哪門子的好客？

洛菲琳淺笑，白優聿頓時為她的笑容傾倒，立刻挪上前。「偷偷告訴妳，那個臭臉望月其實沒什麼朋友，妳不喜歡他也是正常事。」

「沒有，我不是不喜歡他，只是覺得他很冷酷。」洛菲琳輕輕嘆息。

「別說他了，妳下課後有沒有空？我帶妳去熟悉一下學園的環境。」白某人完全沒想起自己也是一個初來報到的人物。

「謝謝你，你真好人，我好高興認識到你。」洛菲琳說著。

他終於遇上一個知音人了，嗚嗚，好感動……

白優聿霎時變得精神百倍。「我也很高興認識妳。對了，我聽說妳之前是海頓學園的一年級生。據我所知，海頓學園是普通學園，海頓學園好像不是引渡人學園。」

「嗯……海頓學園是普通學園，我是在半年前力量覺醒，通過了測試之後被安排來梵杉學園學習。」洛菲琳微笑著回答。

「原來如此。」引渡人力量覺醒的時機因人而異，所以在學園內，一年級的學生會出現十來歲到四十來歲的年齡。

「白同學也是不久前才力量覺醒的嗎？」洛菲琳打量著他。

「呃……算是吧。」白優聿微窘，被人嫌老氣了。

「那麼我們以後一起努力朝執牌引渡人的目標邁進。」洛菲琳笑得燦爛，白優聿瞧得失神了。

真是一個美麗善良的天使。他好感動，原來在他的學園生涯中也有奇蹟出現的。

突然間，他想起另一件事。

「洛菲琳，妳那天怎麼知道通過法陣的竅門？」

當時洛菲琳只瞧了一眼，就帶著他和望月一起安全穿過法陣，進入會議室。

「那是我的封印力量。」洛菲琳一笑，指著自己的雙眼。

眼睛？白優聿驚訝地看著她，那雙藏於鏡片後面的烏黑大眼……竟然是封印所在？

「我還是頭一遭聽說。」

「很多人都是這麼說。我解印的時候只需要摘下眼鏡就行，比起你們的解印方式方便得多。」洛菲琳調皮地吐舌。

「所以……妳的力量是？」白優聿對這一點比較好奇。

「你猜一猜。」

「透視？」

洛菲琳搖了搖頭，知道他猜不出來，手一抬，摘下眼鏡。

「你看著我的雙眼，看過之後你就會明白。」

白優聿露出半信半疑的表情。在她的鼓勵之下，他凝睇著她的雙眼。

「嗯，就是這樣。」洛菲琳露出淺笑。

想不到白優聿這麼容易聽從她的話，她正好可以藉此機會「看一看」他的祕密——

「最後一排的葉亞同學，請妳重新解說一下我剛才提及的引渡人等級分類。」就在這個時候，正在講解課文的奕天行突然不悅地叫著洛菲琳。

洛菲琳一怔，分散了注意力，她看向前面的奕天行，不難從對方眼中讀出責備，她忙不迭戴上眼鏡，窘得一臉漲紅。

白優聿瞇起眼睛瞪向不識趣的奕天行，他最討厭別人打擾他把妹的興致。

睨了一眼窘迫的洛菲琳，誤以為她答不出老師問題的他突然舉手作答。「奕老師，由我來解答吧。」

「好。白同學，請解答。」奕天行點頭。

「引渡人基本上分為見習和執牌兩種。所謂見習，就是在學園修習的學生，通常他們接手的任務都是一級或二級，屬於危險性比較低的任務。等到畢業之後，他們的能力達到引渡人總部設下的標準，則會成為總部認可的執牌引渡人，按照靈力指數接手三級以上的任務。此外，執牌引渡人分為三個等級，琉級、赤級還有墨級。他們身上的引渡人徽章分別以青色、紅色和黑色作為區分，其中墨級的執牌引渡人等級最高，靈力修為最高，通常負責五級或以上的特殊任務。在引渡人總部，墨級的執牌引渡人不超過十四位。」

「除此之外，白同學或許可以解釋一下中央教堂與引渡人總部的關係，還有引渡人三個等級以外的區分。」

奕天行擺明是要為難他。誰叫他自告奮勇英雄救美哩？

白優聿暗罵一聲狡詐，但一迎上洛菲琳的期待眼神，他立刻深吸一口氣。

「是。中央教廷培育神父之類的神職人員，負責惡靈作亂之後的淨化和安撫工作；引渡人總部培育的引渡人，負責引渡作亂的惡靈踏上輪迴之門的前線工作。平時是沒有交集可言，唯一的交集，就是中央教堂和引渡人總部會各自派出一位代表，前往彼此的地盤充當一下所謂的親善大使。在引渡人總部就有這麼一個親善大使在坐鎮，被教廷賦予『光明騎士』稱號的這個傢伙，閒來無事就特別喜歡插手其他人的事。」

嘛，最討人厭的就是還要巴巴地來到這裡當什麼見鬼的導師，白優聿瞅著對方。

「嗯，還有呢？」奕天行微笑看著他，提醒他還有一個問題未解答。

「至於引渡人的區分，除了分為琉級、赤級和墨級之外，還有一批被冠上『聖』字稱號的引渡人。他們多數是總部內的高層，總帥就是其中一個。」

白優聿侃侃而言，他剛才並沒有聽課，這些知識是他以前還在總部的時候知道的，現在只不過照實說一遍。

沒想到，奕天行讚賞有加地道：「很好。解釋得非常完整，白同學，恭喜你。這一堂課的小考，你已經得分了。」

咦？白優聿微訝，不禁摸了摸鼻頭。他只不過想替洛菲琳解圍，沒想到竟然陰差陽錯拿到了這堂課的分數。

班上各人也投來訝異的眼光，洛菲琳更是豎起拇指低聲讚他一句：「你好厲害。」

白優聿自然是樂翻天了，分數什麼的，對他來說一點也不重要，重要的是……嘻嘻，他和洛菲琳之間似乎有了不錯的進展。

以往沉悶到不行的上課時間，因為在洛菲琳的陪同下，意外的過得輕鬆愉快。一年級生的課通常在下午時間就結束，剩下的時間作為自習用途。

「聿，我想去圖書館一趟找講師剛才說的那本書，你呢？」洛菲琳一下課就捧了兩本書，和白優聿並肩走出課室。

才不過大半天的時間，她已經和白優聿熟練到稱呼起對方的名字。

「圖書館?!」白某人登時瞠目，口水差點兒就要掉下來。

圖書館，向來是學園內充滿禁忌、充滿曖昧的地方。根據小道調查，超過百分之五十的痴男怨女就是在圖書館相遇，然後就在這個滿是書香、墨香的伊甸園內貼向彼此，更深一步探索男女之間互相吸引的領地——

天啊！他不禁幻想到美好的未來。

可愛甜美的洛菲琳專心地在閱讀，高大威猛的他由後伸手，環過她美麗纖細的腰間，一起共享書堆裡的浪漫曖昧氣息……

等一下！白優聿回過神來，腦海極快掠過某個惡魔的聲音。

——姓白的，奕老師安排今天下午做心理評估，你別遲到。

望月……萬惡的望月……竟然約了他今天下午去做那個該死的心理評估……

如果他陪洛菲琳到圖書館一遊的話，他大概會被望月的冥銀之蝶肢解。嗚嗚，還是保住小命比較重要，以後要和洛菲琳美眉圖書館一遊的機會多得是。

「抱歉，我待會兒約了人，下次吧。」白優聿揮手道別。

「嗯，那好。你明天記得帶黑希大師寫的『引渡惡靈——法則和心靈的哲學』，我們一起慢慢研究。」洛菲琳揮手，留給他一記美麗的笑靨就轉身走了。

白優聿望著她翩然離去，心底暗自罵著不識趣的望月。還有那個滿腦子餿主意的奕天行。

哪知道，一個轉身，他驚見走廊上出現那個金髮少年。

「望月！」白優聿堆滿笑容迎上去，暗自慶幸自己剛才沒有說對方的壞話。

望月雙手環抱，冷冷地睨他一眼。「走，去找奕老師。」

「好，我告訴你，今天我和洛菲琳一起上課，你猜一下我們談了什麼。」

「無聊。」

「答錯了。我再給你一次機會。」

「……」

「瞪我幹嘛？結識新的朋友對你也有好處，別老是想著那個不男不女的修蕾——哎喲！為什麼又打我了？」

「再侮辱修蕾大人一句，我打斷你的鼻梁。」

「我哪有侮辱，我只是在說事實，不然你告訴我，她到底是男是女好了。」

「我為什麼要告訴你？」

「……野蠻人。」

一路上二人吵吵鬧鬧，經過的學生們不時會投來好奇的目光。全校最優秀的學生與全校最爛的學生搭在一起，這對搭檔組合……還真是耐人尋味。

「爛人白優聿。」

望月邊罵邊走進房間。宿舍的房間內，空無一人。

話說心理評估測驗完畢之後，人緣好到極點的白優聿一踏入宿舍大門，就遇上了一個學弟。談了兩句，對方就這樣被學弟拉走了。臨走前還拋下一句。

「望月，今晚不必等我的門。」

無聊！他會是那種候在門口等著對方歸來的人嗎？

大前提是，他是白優聿的誰？為何要等對方的門？

結果，望月獨自一人回到空蕩蕩的房間。完成今天的作業和功課之後，時候還早，他突然想出去吹風。

關上電源，他打開門，剛好碰上回來的白優聿。

「去哪裡？」黑髮男子好奇地看著他。

「出去吹風。」

「我也去！」

嘴巴永遠無法閉上的白某人很快跟上他的步子，跟著又開始在望月耳邊展開魔音攻擊。

「喂，說來聽聽，剛才在心理評估的時候，你說了什麼？」

心理評估向來是一對一，只有奕天行知道他們對彼此的意見和看法。

「數落你的話，說你低能、怕死、膽小，遲鈍兼習慣性發情，嚴重阻擾任務的進度，我甚至建議下一次的任務不需要你同往。」望月一口氣說完，然後很酷地繼續走著。

「哼，總好過你呀，你臭屁自大莽撞又愛逞英雄還有嚴重的暴力傾向——」

望月就知道這個傢伙會狠狠數落作為反擊。幼稚，這是他唯一的想法。

突然，他停下了步子，擰起眉頭。

「幹什麼？想著要如何反駁我？」後面的幼稚鬼白某人叫囂著。

望月沒有回答某人的問題，他疾步朝圖書館的方向走去，後面的白某人連忙跟上。

CH2 書中的亡魂

一切平靜如昔。

望月踏進二十四小時開放的圖書館，擰眉打量裡面的每一人每一物。

絲毫沒有發現……難道剛才掠過的不尋常氣息僅是他的多疑？

「望月你……呼呼……跑得太快了！」白優聿氣喘吁吁追上，扶著一旁的欄杆這才站穩腳步。

他沒有理會白優聿，為了謹慎起見，他還是決定進去圖書館看個究竟。

圖書館內只有寥寥可數的幾人，左邊長桌的五人是四年級的學生，正在努力準備筆記。望月聽說四年級生明天將有一場理論小考，所以這五人大概是在做最後衝刺。

環顧四周，只剩下右邊角落的一個紅髮女生。對方正趴在一本書上，似乎倦得睡了過去。

這個時候，身後還在喘氣的白某人突然變得生龍活虎，比他更快一步搶上前……

「白——」他想喚住對方，對方已經走到紅髮女生面前。

「洛菲琳。」白優聿輕聲喚著睡公主，雙眼閃滿愛心。

真是命運的安排！沒想到跟隨望月來一趟圖書館竟然又碰上了他的天使！

睡得正酣的洛菲琳輕嗯一聲，並沒有立刻清醒。

白優聿正想伸手輕拍洛菲琳的臉頰，哪知道手伸出就被一個力道握緊，他迎上望月的冷臉。

「又在打什麼餿主意？」望月白他一眼。

「才沒有，你放手。」白優聿甩開對方的手，沒想到卻不小心推倒一旁的椅子。

啪——一聲巨響，劃破了圖書館該有的寂靜，正在溫習的五人組立刻投來責備的眼神。

白優聿露出歉然的笑容，微微躬身。

「被我揭穿了，所以你惱羞成怒推倒椅子？」望月在一旁落井下石。

「望月！你少誣陷好人！」他這下真的惱羞成怒。

溫習五人組各自發出一聲抱怨，極快抱過桌上的課本等東西，頭也不回地走出圖書館，甚至有兩人還怒瞪了白優聿一眼。

「望月，你故意的！」卑鄙的望月！

少年聳肩。「你應該慶幸他們脾氣好，沒有把你教訓一頓。」

「臭小子——」

咬牙切齒的白優聿就要揪過對方的衣襟，嗤的一聲輕笑響起，他愕然地迎上一張甜美的笑臉。

「你們的相處方式真有趣。」被巨響吵醒的洛菲琳，笑吟吟地看著眼前兩個長相俊美、行事卻粗魯無禮的男生。

「洛菲琳！妳誤會了，我和這座冰山不熟。」白優聿連忙堆上諂媚的笑容，湊上前。

「白爛人，今晚你準備睡走廊好了，我不會讓你有機會上床。」望月冷冷地撂下威脅。

這話聽起來卻讓洛菲琳覺得曖昧不已。她小心翼翼地看著白優聿。「你們……兩個該不會是睡在一起的吧？」

「不是！」

「沒錯。」

白優聿咬牙瞪視，望月一臉無辜，他連忙向吃驚的洛菲琳解釋。「我和他只不過是很不幸的成了室友，不是妳想像的那種關係。」

洛菲琳恍然，但還是忍不住瞥了二人一眼，強自抑制嘴角的笑意。「我先回去了，明天還有早課呢。」

「我送妳回去。」某人立刻大獻殷勤。

「不用了。你和望月學長來到這裡，一定是有事要忙，我不打擾你們。」洛菲琳朝酷酷的望月點頭，拿起桌上那本暗紅色的書。

白優聿失望極了，正想說話，洛菲琳手上一滑，暗紅色的書跌落在地，掀開了內頁。

「我幫妳。」他連忙俯下身去。

但下一秒，望月驀地大喝。「白優聿！」

白優聿霎時動彈不了，按在書上的大手似乎被某股力量握緊，無法抽回。

幾乎同時，他聽到洛菲琳驚呼的聲音還有望月的喝斥。「解印！」

不是吧？「望月！你小心顧著我！我——」

白優聿大呼小叫，望月喊得又急又快，右手背的蝴蝶封印解開，銀色若光點的蝴蝶翩舞，急速纏上白優聿的右手。

「望月！我的手我的手我的——」

「卸！」

絲毫不理會白優聿的喊聲，望月手一揮，釋出冥銀之蝶的力量。

伴隨著白優聿的嗚呼求饒聲，一個少女平空出現，跌坐在三人面前。

「哎唷唷！」意外出現的少女讓三人驚訝，少女摀著摔疼的屁股，嘴裡一直叫痛。

白優聿眨了眨眼，晃了一下自己完好無缺的右手，哀嚎一聲：「臭望月……」

沒人理會白某人，洛菲琳仍舊瞠目看著平空冒出來的少女。望月最快回過神來，擰眉問著：

「妳是誰？」

「你很沒有禮貌喔。」少女嘟嘴，坐在地上。「本小姐不和沒禮貌的人說話。」

「冥銀之蝶。」望月最受不起別人裝傻這一招，手一揮，洛菲琳連忙阻止。

「等一等！讓我來問問看。」這樣搞下去，恐怕會出人命。洛菲琳蹲下，小心翼翼地問著。

「請問妳怎麼會在這裡出現？」

「美是美了，可是盡問一些沒腦的話。」少女上上下下打量她，然後彈出一句評語，洛菲琳登時一臉黑線。

少女站起，拍了拍身上的灰塵，嘻的一聲走向首次對美少女沒產生發情反應的白優聿。

「還是你比較好說話。」

白優聿眉角抽搐，他什麼時候和對方說過話？一抬首，迎上望月一副隨時打算殺人的表情，白優聿醒目地挪後了一些。

「別怕，我沒有惡意。」少女竟然這麼說著。

「我不是怕妳，而是怕望月一發飆，妳會連累到我。」白優聿揮去額頭的冷汗，剛才他還以為要被冥銀之蝶肢解了呢！

還不是因為眼前這個莫名其妙的少女惹禍！

「嘖！他有什麼可怕的？」不就是一個比她虛長幾歲的憤怒少年，少女親切一笑。「待會兒我戲弄他，你就在旁瞧熱鬧吧。」

「呵呵，請妳在『戲弄』他的時候，記得別拖我下水。」白優聿很不厚道地連忙退後，拉開距離。

「嘻嘻，膽小鬼。」少女取笑他，瞄了一眼洛菲琳和望月，登時多了兩個評語。「外加一個傻美人和一個臭臉的。」

傻……美人?! 洛菲琳清咳一聲，雖然美人是讚揚的說話，但是前面加個「傻」字似乎不太好聽。

臭臉的望月被說個正著，一旁的白優聿噗嗤一聲，又死命抑制自己的笑聲。

「夠了，現在妳老實回答我，妳是怎麼混進來的？」

望月還在想著對方憑空出現的奇怪跡象。

少女晃著腦袋，豎起一根手指。「你說錯了。我不是『混』進來的，而是被人請出來。」

「被誰請出來？」輪到洛菲琳不解了。

「妳呀。」少女綻開笑靨，完全發揮她身上那股清秀可人的氣質，看她樣子應該只有十三、四歲。

「可是……我不認識妳。」洛菲琳蹙眉。

「算了。讓我來問。」望月踏上一步。

「妳是哪一班的？」

「什麼哪一班？」

「妳不是梵杉的學生？」仔細打量之下，他發現對方沒有戴上學園的徽章。

「梵杉是什麼？」望月的話換來少女認真的詢問。

裝傻的態度讓望月不禁挑眉。「那妳是怎麼進來的？」

「我怎麼知道我是怎麼進來的？」

連續問了三個問題，結果她回答他的是更多的問題。望月眉角微微抽搐，耐心已經耗得差不多了。

「我醒來之後就發現自己待在這裡了，你的問題問得真奇怪。」少女還唯恐氣他不死，補上一句。「怪人問怪問題。」

末了，她還指著他一笑，那副不認真的表情……分明就是在耍弄他！

「該死！」望月氣憤地上前，就要一把揪起少女，少女嚇了一跳，連忙閃身躲去某人的身後，扯著某人的衣袖。

大掌就這樣揪上了白優聿的衣襟。洛菲琳嚇了一跳，見慣對方發火的白優聿企圖平息衝動少年的怒氣。「望月，有話慢慢說，別對一個女孩子動粗。」

「怎麼？才瞧她一眼，你就喜歡她？」望月冷瞪過來。

「你說什麼話啊？才不是！」白優聿無辜大叫。望月怎麼可以在洛菲琳面前詆毀他的人格呢？

「你們別吵了。現在重要的是搞清楚她是誰。」洛菲琳連忙勸解，雖然她也搞不清楚狀況，不過這樣吵鬧下去是無濟於事。

望月睨她一眼，又瞪向躲在白優聿身後的少女。

一個想法陡地在他腦海裡掠過。他二話不說上前，直接扳過少女的肩膀。

「別過來，我有練過的喔……哎喲！」少女擺出防備的架勢，望月擁有封印的右掌心已經按向她的額頭。

白優聿雖然滿腹狐疑，但是他相信望月這麼做一定有自己的理由。

望月的右手心蓋上她的額頭，一股神聖的力量湧上，少女的足下立刻浮現一個光圈，人陡地往前栽下。

「喂！」白優聿連忙扶過少女。

「她怎麼了？」洛菲琳同樣急著上前。

唯獨是望月的表情瞬間變得古怪。等到二人投來驚奇的眸光，他才搖頭。「奇怪，她真的不是活人？」

剛才他做了一項測試。引渡人的封印不會在活人身上產生反應，只有碰觸到亡魂或惡靈，封印的神聖力量就會解開，接觸到封印的亡魂或惡靈就會暈厥。

但，要是對方是惡靈，接觸封印會讓對方在暈厥之後，瞬間被引渡入輪迴之門。

這證明他的疑竇。眼前的少女不是活人，但也不是惡靈。

極有可能是新死的一抹亡魂。

「她是亡魂？」洛菲琳不可置信地看著倒在地上的少女。

一抹亡魂怎麼有可能出現在有神聖結界保護的學園內？再說，他們這裡都是引渡人，怎麼可能沒人發現少女的存在？

而且她竟然事前沒有發現到少女的存在，她的雙眼應該可以看透一切留有生命印跡的東西。

「洛菲琳？」白優聿拍了一下失神的她。

她當即回過神來，搖了搖頭。

「難怪我會覺得她怪怪的。」望月沒理會他們兩個，逕自在少女身邊蹲下。

白優聿也正經起來，伸手探向少女的額頭，著手處一片冰涼，沒有常人的溫度。「果然是一抹魂。」

人死之後留魂，當一抹亡魂對人世間仍存極深的羈絆，亡魂就不會按照天地常規落入輪迴之門，他們多數會停留在念念不忘的人或物身邊，日子一久，忘記輪迴的亡魂將變成惡靈。

一旦成了惡靈，他們將會肆意破壞、為禍人世，甚至在某些時候，因為親人對他們的淡忘而心生怨氣，做出種種傷害且攻擊親人的事情，消滅並引渡這些墮落的惡靈，就是引渡人的工作。

可疑的是，如果少女僅是一個新死的魂，她是怎麼混進學園的呢？畢竟梵杉學園到處設下神聖結界，亡魂或惡靈都闖不進來。

望月也是蹙眉。他正自考慮著接下來該怎麼做，昏迷的少女陡地醒轉，一迎上冷酷的望月，登時嚇得往白優聿懷裡縮去。

「他、他會妖術啊！」本是很威風的少女急著拉過白優聿的手。

「那不是妖術！」聽到辱及引渡人尊嚴的說話，望月雙眸寫滿寒銳。

「冷靜一點。」侮辱引渡人對望月來說是死罪，白優聿連忙揮手要對方冷靜，朝少女比個噤聲的手勢。「我們不是壞人喔，是見習引渡人。」

見習引渡人？少女偏首思索了一下。「那是什麼東西？」

「那、是、什、麼?!」她竟然把大陸上最威風凜凜的職業比喻成「東西」！

白優聿連忙拉開少女，按住抓狂的望月。這個小子近來越來越容易發怒，該不會是生理期到了吧？

望月很快冷靜下來，但是臉色仍舊臭得嚇人，瞪著少女。「既然是一抹亡魂，妳就應該早日踏入輪迴之門，不是留戀人間。」

亡魂，只要在人間逗留太久，就會變成惡靈。但在變成惡靈之前，引渡人無法管束亡魂，唯一能做的就是幫助對方踏上輪迴之門。

「切，我不知道你在說什麼。」一說完，她看到望月走上來，連忙捉緊白優聿的胳膊。

「你別過來啊！」少女覺得待在白優聿身邊比較安全。

望月被白優聿攔下，後者輕輕搖頭。「我覺得她好像也不清楚發生什麼事，不如我們先問個明白吧？」

「問個明白？」望月睨了少女一眼，少女的臉上寫滿「不合作」二字。

「我來問。」對付少女是需要專業的出手。白優聿執起少女白嫩的小手，一下子忘了洛菲琳就在身邊。「現在大哥哥問妳一些事情，妳得老實回答，不然那個臭臉的可能會動粗。」

少女應該是害怕了，很乖的點頭，舉起手。「我知道你們要問什麼。可是我剛才回答得很清楚了，之前是怎麼回事，我記不起來，我醒轉之後就一直待在這裡，是那位美人姐姐把我帶出來的。」

這次學乖了，少女竟然改稱洛菲琳為美人姐姐，白優聿想了一下，再次發問。

「那麼妳記得自己怎麼出現在這裡嗎？」

「不記得。」

「這個……妳在這裡多久了？」

「不知道。」

「那麼……」

「不知道不知道！我都說我什麼也不記得了！」少女嘟嘴。

「夠了！白優聿，這次讓我來問！」受夠了她的答案，望月直接上前。白優聿連忙阻止，洛菲琳陡地「咦」了一聲，在少女面前蹲下。「妳……該不會是說妳失去了記憶吧？」

洛菲琳聽出了弦外之音?!望月和白優聿互看了一眼。

「原來妳比他們還聰明！」少女高興地點頭，總算有人聽懂她的意思了，她指向擱在地上、被翻開的書本，也就是剛剛白優聿想撿起的那本書。

「我一直都藏在書本裡。現在你們明白了嗎？」

位於梵杉學園東邊的是一座古老的大宅院，這裡就是理事長修蕾的居所。

凌晨時分，兩個體型頎長的男子，一個金髮、一個黑髮，來到了大宅院的大門前，身後還跟了一位紅髮的女生。

望月熟練地在大門前低聲唸出開啟大門的咒言，門很快地被打開，他睨了一眼身後的白優聿和洛菲琳。

「進去之後就跟著我，不許亂走。」

白優聿點頭，一臉無趣，洛菲琳顯得有些期待，雙手緊緊抱著一本書。

這本從圖書館借閱出來，擁有暗紅色書皮的書，也正是藏了一抹少女之魂的書。

話說，剛才遇上變成一抹亡魂的少女之後，所有人對學園圖書館裡有亡魂的事感到相當驚訝。

少女說，她是一抹藏在書本裡面的亡魂，而且巧合的是，那本書一直未被人借閱，藏在圖書館的某個角落，下課過後自習的洛菲琳是在好奇之下才抽出這本書，一掀開內頁就意外地釋放了被藏在裡面的少女之魂。

再接下來，他們更意外地發現只有洛菲琳才可以碰觸到那本書。為了將此事稟報給修蕾大人知道，望月唯有答應讓洛菲琳攜著那本書一起來到修蕾大人的住處。

「還有，別隨意碰觸見到的東西。」望月慎重交代。

白優聿翻個白眼，洛菲琳點了點頭，輕聲對著書本說：「妳乖乖待在裡面，先別出來。」書本闔上之後，少女就重新藏回書內，經過多次的測試結果，他們發現只有在洛菲琳將書頁掀開，少女才會重新現身。

「走吧。」望月率先走了進去，其他的兩人一前一後跟上。

通往主屋的走廊極為寬闊，兩側的柱子上都掛上燭臺，當他們經過，燭臺便自然點亮，就算靈力不強的白優聿，也感覺到了這裡有一股純正的神聖力量守護。

前方的望月領著他們穿過走廊，來到了一條曲折的走道上。走道兩旁豎起一排燈柱，掛上傳統的燈籠，同樣的，燈籠在他們經過的時候亮起。

「你好像對這裡的一切很熟悉。」白優聿看著對方，也順便打量著前面的路。看來主屋還在很遙遠的盡頭。他不禁嘀咕，修蕾的屋子建得又大又招搖，像一座迷宮，十足暴發戶作風。

「入學之前，我一直住在這裡。」望月淡淡地說著。

「和修蕾？」白優聿瞇起眼睛，登時被挑起興趣。

「嗯。」

「就你們兩個人？」

「你想說什麼？」望月挑眉，毫無意外看到白某人堆滿邪惡思想的表情，立刻警告他。「膽敢說出對修蕾大人不敬的話，我就對你不客氣。」

「嘖！那個不男不女……嗯，我是說修蕾。」殺意襲來，察覺的白優聿連忙改口：「你有必要那麼緊張嗎？」

一提到「修蕾」二字，望月就會露出虔誠到讓他唾棄的表情。修蕾在對方眼裡，如同天神般的神聖而不可褻瀆。

可是對他白憂聿而言，修蕾這個腹黑理事長是一個惡魔！

「修蕾大人在我心目中比誰都重要。」望月直言不諱，似乎想到了什麼，臉頰微紅。

「比誰都重要？」

這句話頓時讓白優聿產生許多聯想，睨了一眼望月，他的聯想立刻變成某些齷齪的聯想。

「要是你再胡思亂想，後果自負。」金髮少年瞧他一眼，撂下威脅。
他嘻嘻一笑。「喂，望月，你小聲對我說，修蕾平時有什麼興趣還是怪癖什麼的。」
金髮少年白他一眼，冷哼。「我不會把修蕾大人的私事說給你知道。」
「拜託！我不想待會兒被她嚇著而已！」
誰知道修蕾在卸下理事長身分之後有什麼怪趣味，說不定等一下修蕾會裝扮成屠夫、拿著菜刀在大廳等候他們並說著：歡迎光臨屠夫夜市……
他光是想到那種畫面就冷汗涔涔。
「白爛人，請你收斂一下你的超展開的想像力。」望月白他一眼。
「我儘量。」
白某人很識趣地選擇閉嘴。望月睨對方一眼，眼神裡頭盡是可惜。
可惜對方沒有再大呼小叫，也可惜自己失去一個教訓對方的機會。
「啊！」一聲低呼傳來，二人同時轉身，看到洛菲琳抱緊書本，不安地站在原地。
「洛菲琳，什麼事？」白優聿關切地走上前。
洛菲琳搖頭，極力維持鎮定地道：「我……我看到那兒好像有東西盯著我們……」
「東西？」白優聿轉了個圈，絲毫沒發現異樣。
望月以狐疑的眼神打量她，好一下他擺擺手。「走吧，別拖延時間。」
洛菲琳嗯了一聲，白優聿給她一記笑容，轉身跟上望月的腳步。
她悄悄再抬頭看向走廊頂端的天花板，就算隔著鏡片，她仍能夠在沒有解印的情況下看到「那個」。

這說明「那個」的力量有多強大，但是……

紅髮少女極快陷入思忖。按理來說，修蕾只不過是一間學園的理事長，並沒有被引渡人總部和中央教廷賦予任何的等級和稱謂，對方怎麼可能擁有「那個」呢？

看來她得將此事報告給奕君知道。

從走廊進入土屋，三人共花了十五分鐘。

一進到門，熟悉的聲音傳來。

「望月，我等你等得快睡著了。」修蕾倚在沙發上，慵懶地打著呵欠，柔順的黑色長髮宛如最美麗的黑緞披散在她肩後，絕美的面容上有著被人從夢中驚擾的不悅。

她懷裡抱著一顆小枕頭，只穿了一件吊帶蕾絲睡衣，包裹不了的豐胸呼之欲出，更別提此刻側臥在沙發上的姿勢讓她的裙襬撩起，露出一雙誘人細長的美腿。讓望月只瞄了一眼，就不敢再看下去。

「噢，白同學和葉亞同學也來了。」她瞇起眼睛，打量了其他兩個，獨獨對白優聿露出誘惑的笑容。「白同學，我很高興見到你喔！」
「天啊……」
本以為會見到屠夫的白優聿倒抽一口氣，捂住鼻子，生怕自己下一秒會噴鼻血。這畫面簡直是成年男人的綺想天堂，修蕾就是他夢中徘徊的女神！
「我也很高興見到妳這個樣子……哎喲！」
一說完，白某人的腹部就被少年的後肘頂中，他吃痛之下迎上少年警告的眼神。他知道少年是在說：你的眼睛再到處亂瞄，我就戳瞎你！
所以，他聳肩，回望的表示：我不敢了，望月大人。
少年這才滿意地斂回殺人眼神，清咳一聲。
「修蕾大人，我們有事請你幫忙。」
「看你的樣子，這件事似乎不尋常。」對於這個一手培育出來的學生，修蕾很清楚望月的能力。
對方不會為了芝麻綠豆小事而深夜找來，除非那是一件很嚴重的事情。
「好，說吧。」修蕾正經起來，她坐起，拿起一旁的長袍穿上，結果換來白優聿的連聲惋惜。
洛菲琳在望月的眼神示意之下，將緊抱在懷裡的書放在桌上。
望月說著：「修蕾大人，這本書裡面藏了一抹魂。」
修蕾懷疑自己聽錯。「書中……藏了一抹魂？」

望月認真地點頭。

「望月，說來聽聽。」修蕾認真起來。

「是。」望月很快的交代了事情的始末。

聽完之後，修蕾陷入思忖，好半晌，修蕾的眼神落在洛菲琳身上，洛菲琳立刻挺直腰板。

「葉亞同學，麻煩妳打開書頁，我想會一會那抹亡魂。」

「是。」洛菲琳掀開了書本，大家都屏息以待。

大廳剩下時鐘滴答的聲音，修蕾凝神等待，沒多久就揚起了笑容。

「藏在沙發底下的小姐，妳還是出來吧。」

兩人一驚，果然看到少女從沙發底下緩緩爬了出來，嘟嘴抱怨：「嘖，不好玩，一下子就被你們瞧出了藏身之處。」

修蕾瞄了一眼望月，後者點頭，她的眼神立刻被玩味填滿。「妳好，我是梵杉學園的理事長，修蕾。」

「哇，好美的大姐姐。」

少女瞧得心動，主動上前在修蕾身邊坐下。「妳是他們的老大嗎?長得好漂亮。」

「他們是我的學生。」修蕾微笑。「我聽他們說了妳的事情，妳記得自己曾經經歷過什麼事情嗎？」

「唉，連妳也問這個問題。」少女洩氣地坐倒，晃著腳丫子，重複說著：「我從漫長的睡眠中醒轉，就發現自己藏身在書本裡面。只要有人翻開書頁，我就可以出現在大家面前，但是之前我一直無法踏出圖書館的範圍，想不到那本書被洛菲琳帶離圖書館之後，我就可以離開那兒了。」

修蕾挑眉，她的意思是……她只能在書本所在的範圍內出現和走動？

這代表了一件事——她的亡魂被人禁錮了！

「之前的事情呢？比如說妳陷入睡眠之前的事情。」修蕾斂去心底的震撼，繼續問著。

「我不記得了，更正一點，我除了知道自己的名字叫做克萊兒，今年十五歲和『海頓』這個名字之外，什麼也不記得。」少女苦惱地道。

修蕾挑高了眉，思索著某件事。「克萊兒小姐，妳說的『海頓』可是海頓學園？」

「我……不知道。應該是吧。」克萊兒露出迷惘的神色，真的記不起了。

修蕾的眸光閃過異色，克萊兒陡地激動問著：「我聽他們說，我是一抹亡魂，那是什麼意思？」

「意思就是妳已經離世了。」修蕾沉聲說道。

「離世？我……我真的死了？」少女一愣，跌坐在地。

白優聿看著她。大多數新死的亡魂，都難以接受自己已死的事實。所以這些擁有極深羈絆的亡魂才會不願意踏上輪迴之門，墮落變成惡靈。

「我還以為自己有了奇怪的能力，可以躲在書本裡面嚇嚇人……原來這代表我已經不是人了……」少女努力笑著，顫抖的聲音卻洩露她內心的恐慌。

「別害怕。就算妳是一抹亡魂，妳還是會有歸依的地方。」白優聿蹲下，拍著她的肩膀安慰。

她顫抖害怕的表情，讓他忍不住同情著對方。

「你們不會害怕嗎？我……我是亡魂，也就是人們口中所說的鬼。」克萊兒淚眼汪汪地看著眼前這個被她稱為「膽小的」黑髮男子。

洛菲琳也是同情著少女，她在少女面前蹲下，輕輕摸著對方的頭。「別擔心，我們是引渡人，可以幫到妳的。」

「洛菲琳真是善良可愛，看得我好感動。」白優聿趁機握著別人的手擠出眼淚，身後的望月老實不客氣地賞他一記鄙視眼神。

「望月，我有一個新的任務給你。」修蕾思忖一番之後開口，她看著眼前的三人。「帶著克萊兒小姐去一趟海頓學園，調查一下她的死因，這次的任務我特別允許葉亞同學一起前往。」

如果他沒有記錯的話，葉亞同學是從海頓學園轉學過來的插班生。這一點會為任務帶來極大的方便。

「洛菲琳也去？」白優聿怪叫一聲，腦海一下子掠過望月和洛菲琳攜手共闖未來的畫面。

「這次是三人行，我想白同學你應該不會介意才對。」修蕾一笑。

三人行？白優聿登時站起。

「慢著，該不會是連我也要一起去吧？」

雖然他極願意和洛菲琳去渡假玩樂，可是中間夾了一個望月還掛上任務的名號，氣氛登時冷卻至冰點。

修蕾看著他，優雅地點點頭。

「為什麼？我是一年級生，根本就不需要出任務！」這一次他一定要為自己的利益奮抗到底。「這一次，我說什麼也不去！還有，洛菲琳也是一年級生，同樣有權選擇不去冒險！」

「理事長，我決定去。」哪知道，洛菲琳突然冒出這句話讓白優聿打跌。

修蕾豎起拇指對洛菲琳表示讚賞，然後湊前搭過白優聿的肩膀。「你呢？真的不去？」

「不、去！」白某人說得斬釘截鐵。

「唉，真是傷腦筋啊。」修蕾輕嘆一聲，回身吩咐。「望月，你和葉亞同學一起去準備出發的事情，我想和白同學好好談一談。」

望月有點懷疑了。修蕾大人要和白爛人好好談一談？但，修蕾大人既然這麼說了，他只好從命。「洛菲琳，跟我走。」

修蕾等到二人離開之後，朝白優聿走過來。

「白同學，如果我說你只要接下這趟任務，就不必參加期中考試，我甚至可以在你的成績單上，寫上『優異』這個字呢？」

聽起來有些誘人。但是……白優聿冷哼。「名利於我如浮雲。」

「如果我告訴你，我決定讓你們以主僕的身分混入海頓學園，甚至承擔起你們在海頓學園期間的所有費用，你覺得如何？當然，你的身分將是『主僕』關係之中的少爺身分。洛菲琳將化身成為女僕喔。」

真的有那麼好康的事情？白優聿不禁聽得心動，依舊耍酷。「但是我上次差點兒掛掉了。這次我不會拿自己的生命來開玩笑。」

修蕾凝睇他，不知何時和他之間的距離變得好靠近。

「不答應嗎？」修蕾的鼻息噴輕拂上白優聿的臉頰。

「就算妳色誘我，我也不答應！」他說得正義凜然。

「嗯？」修蕾的唇距離他的唇……只剩下三吋的距離。

「就算妳吻我，我也不——唔！」

聲音戛然而止，修蕾直接將白優聿推到在沙發上，居高臨下地凝睇後腦不小心撞上扶手的他。

「真的不答應？後果要自負喔。」她露出甜美的笑容。

後腦撞得很疼的白優聿突然有一種錯覺，眼前的修蕾是總帥大人的分身，為什麼她和狐狸總帥都喜歡用「後果自負」這四個字來威脅他呀？

死就死吧！「不、答、應——」

修蕾露出一副「這是你逼我的」表情，她揮手示意望月帶著洛菲琳先離開，掙扎要站起並離開的白優聿再次被她推倒回沙發上。

碰！後腦再次遭殃，重重撞上扶手，他痛得飆淚邊罵。「混蛋！這樣下去我會變白痴了啦！」

「你本來就和白痴沒兩樣。」

渾厚低沉的男音響起，瞠目的白優聿一怔，當即大叫出聲。「嗚嗚嗚啊……」出現在他頭頂的是突然搖身一變、轉換了性別的修蕾。俊美得雌雄難辨的理事長按緊了白優聿的肩膀，一把挑起白優聿的下巴，露出促狹的笑容。

「要是你敢喊救命的話，我會打斷你的鼻梁喔。」

白優聿欲哭無淚地看著男性版修蕾。嗚嗚，哪一天他的心肌功能衰退都是修蕾一手造成的。

「你要是不答應出任務的話，可以，就和現在的我共度一宵。」修蕾露出迷人的笑容，但對白優聿來說，那是惡魔的笑容。

「理事長大人，請你別這樣玩弄小人我……」

「不然這樣好了，以後我每個晚上都頂著這副容貌找你。」

「不要啊……天、天啊……」

「對了，我聽說你很想搬離宿舍，不如這樣吧，你搬過來我這兒，那麼你每天晚上都可以和現在的我見面。」

「啊……啊！」白某人發出快要崩潰的叫聲。

「你要不要答應呢？」修蕾向來沒什麼耐心。「你再不說話，我只好吻你了。」

「哇啊啊！我答應！我立刻答應！你不要過來啊！」

修蕾嘴角一勾，鬆開對他的牽制。白某人嚇得臉青唇白，掙扎跳起，縮去沙發的一角，抱過枕頭淚汪汪的，活像被人欺負的小媳婦。

「下次爽快答應就好了嘛，為什麼要逼人家變來變去，很累的你知道嗎？討厭。」修蕾甩一甩頭，再次變回女性的身分。

白某人的小小心靈頓時承受重大打擊。這個理事長是變態！是超級變態呀！為什麼他要被對方唬得團團轉啊？

白優聿憤然地丟下枕頭，跌跌撞撞衝向門口。「你、你這個奸詐狡猾的理事長本來就是一個男人！我警告你，你下次別再頂著美女的樣貌來唬弄我！」

「什麼嘛，自由轉換性別是我的封印能力啊，我沒說過我是男人。」修蕾眨著水眸，微微嘟嘴顯得更是無辜。

「妳、妳……啊！變態的啊！」徹底抓狂的白優聿大步衝出大門，飛也似的不見人影。

修蕾哈哈大笑，笑得眼淚快要掉了。好半晌，她才斂去笑意，低喃著：「白優聿、望月，這次任務要小心喔，搞不好真的會送命。」

CH3

貴族的學園

「為什麼我們要坐這種龜速行駛的古董火車？」少女克萊兒逸出不耐煩的叫聲，攤開的書本正擱在座位上，對面坐著的望月，一如既往緊閉雙眼，沒有作聲，洛菲琳則帶了另外一本書，正在仔細閱讀。

「白優聿，你們的梵杉學園就這麼窮嗎？」克萊兒再次發牢騷，緩慢行駛的古董火車讓她心情欠佳。

白優聿同樣沒作聲，或許該說他的注意力全擺在對面的洛菲琳身上，支著下頷凝睇對方，嘴角不時揚起。

「洛菲琳！他們都不說話，妳來陪我聊聊好了。」氣悶的克萊兒扯了扯身旁的洛菲琳。

洛菲琳一笑，終於從書中抬頭。「克萊兒乖，要不要看一些勵志小說，我有帶喔。」

克萊兒翻個白眼，發出懊惱的低吼，抱著曲起的雙膝嘟嘴生悶氣。

美女理事長修蕾答應會幫她找回失去的記憶，但是看起來比較可靠的修蕾竟然沒有隨行，只是派了眼前這三人帶她回去海頓學園。叫做望月的金髮少年全程臭著一張臉，寫滿生人勿近，不，該說是生人、死人都勿近。因為就連她也不願意靠近他。

另外一個叫做白優聿的黑髮男子全程注意著洛菲琳。她不由得懷疑他極可能在入夜之後、大家睡著之時撲向洛菲琳。總之光看他的表情，她就一臉黑線。

最後那個美美的姐姐洛菲琳，人長得美不是罪，但對方老是把臉埋在書中，仔細的研究課本參考書一大堆等資料，而且偶爾還會自言自語，活像是走火入魔的書蟲。

真是奇怪的三人組合。再這麼下去，會悶死人的……嗯，是悶死一隻鬼。

「喂，難道你們出任務的時候都習慣不說話的嗎？」克萊兒嘆息，想不到身為一隻鬼也有鬱悶的時候。

唉……還是沒有人出聲回應她。

「你昨晚不是堅持不要隨行的嗎？」她飄到白優聿面前，戳了戳他的手臂。是臭臉望月威脅白優聿前來？還是洛菲琳姐姐的魅力讓對方情不自禁地跟來了？克萊兒想著這兩個可能性。

「小妹妹真多話。」

完全不想再提昨晚可怕經歷的白優聿直接說她多話。天知道他昨天晚上一直無法入眠，一閉上眼睛腦海裡就浮現男性模樣的修蕾要吻自己的畫面，他快要神經衰弱了。

「我不是小妹妹，我已經十五歲了，是一位小姐。」

「是，十五歲的小姐，請妳乖乖坐著別鬧。」白優聿隨口應了一聲，明顯對這個十五歲的小妹妹沒興趣。

「其實，我也很好奇呢……聿。」終於願意放下書本的洛菲琳接過克萊兒的話題。

「出任務是每個見習引渡人必經的修行之路，我仔細想過之後，決定跟隨洛菲琳妳的腳步。」白優聿立刻發表了裝模作樣的演說。

「哼，簡單來說你是為了美色而來，不是為了任務而來。」克萊兒唾棄地冷哼。

「小妹妹，話不是這麼說的，想當初我和望月出生入死，一句抱怨的話也沒吭過，難道那時候我是為了美色而來嗎？妳瞧瞧望月那張死人臉，他身上哪一點可以和『美色』這兩個字掛鉤？」白優聿說得振振有詞。

被點名的望月睜開眼睛，警告性質地瞄了對方一眼。

「好，就不說望月，我向來秉持引渡人『維持人界和平』的原則辦事，所以無論任務有多危險，我都不會推辭。還有，這一次我是為了妳的事情而來，妳好歹也給我一記感激的眼神。」白優聿忿忿不平。

現在的小孩真沒禮貌，人家可是犧牲睡眠時間、冒著生命危險來幫她找出亡魂被囚禁於書中的真相，但她竟然還給他扮鬼臉，公然鄙視他？

「說謊不眨眼，明明三人之中最怕死就是你了，還大言不慚說要維持世界和平！」克萊兒繼續吐槽。

白優聿的臉色轉綠，一旁的望月乾脆塞住耳朵不去理會，看熱鬧的洛菲琳開口緩頰：「克萊兒是說笑的，你別生氣，其實我也很吃驚，望月是三年級的學生，出任務倒不稀奇。但你是一年級生，可以被理事長委予任務，同時還可以學三年級生一樣出任務，這也太了不起了吧。」

白優聿被她這麼一說，不禁有些發窘，他呵呵笑著混過去，並沒有說明原因，此時望月卻毫無預警地冒出一句……

「哼，因為他是重讀生。」

「重讀生？」洛菲琳好奇地看著白優聿，後者恨不得一拳擊昏望月。

「嘻嘻，也沒什麼。洛菲琳也不是一樣，同樣是一年級生，這麼快就可以和我們一起出任務。」他連忙扯開話題。

洛菲琳一笑，秀麗臉蛋上映出一抹緋紅。「雖然理事長說過我此次隨行，是幫助你們更快適應海頓學園的生活，不過遇上危險的時候我一定會努力幫忙。」再說，她不會忘記這次隨同他們前來的真正目的……想起奕君昨晚和她說過的話，她頓時微微瞇起眼睛。

——好好觀察這一對搭檔的表現。這是奕君給她的吩咐。

「哼，到時候別越幫越忙就好了。」望月冷冷地開口，潑了她一頭冷水。

「別管他，他老是這個樣子。」白優聿連忙安撫受到打擊的洛菲琳。

「哼，我真不明白修蕾大人派你們來的用意。一個專拖人後腿，一個弱到不行的菜鳥。」

「喂！」

唰的一聲，抱怨完畢的望月直接站起，跌跌撞撞走去開門。

「望月，你去哪裡？」白優聿看著腳步虛浮的少年。

「不關你的事。」望月頭也不回的走了出去，啪的一聲關上門。

車廂內，洛菲琳和克萊兒不約而同閉緊嘴巴。好半晌，克萊兒才訥訥開口：「是不是……我剛才不小心激怒他了？」

洛菲琳也有同樣的想法，站了起來。「我去找望月道歉。」

「不用了。」白優聿攔住她，起身。「我去好了。妳們留在這裡。」

他打開門走出車廂，兩側走廊沒有望月的身影，對方應該不會走得太遠。白憂聿決定先走向左側找尋對方，走沒幾步，他果然發現到望月的身影。

瘦削的少年背靠著車廂，坐倒在地上，臉色慘白的他緊緊按住額頭，強行忍下反胃和暈眩，但是好強的他硬是挺直腰板、抿緊唇瓣。

這個明知道自己暈車還偏好逞強的傢伙！白優聿大步走上，在對方面前蹲下。「喂，你要不要回去裡面躺一躺？」

「走開。」對方在輕顫，因為身體不適而顫抖，嘴裡仍舊逞強。

「我偏不走。」頎長的身軀坐了下來，靠得很近。望月看了他一眼之後，視線投向遠方。

「喂，你想著什麼？」白優聿偏首，剛好看到望月若有所思的表情。

「你為什麼跟來？」好半晌，少年開口問的竟然是這句話。「上次是為了博取修蕾大人的歡心，這一次是為了洛菲琳．葉亞？」

「你說呢？」白優聿沒有回答。

「不說就算。」望月懶得再理，閉起了眼睛。

「嗯。」白優聿也真的不說，曲膝坐在他身邊，遙望窗外的風景。

如此的沉默維持了約莫半個小時，閉上眼睛的望月輕輕挪了一下，傳出輕輕打鼾聲，竟然睡了過去。

白優聿微訝，隨即輕笑。這小子酷是酷了，不過也有可愛的時候。他將早已脫下的風衣披在對方的身上，凝睇著火車窗外夜色。

此刻的寂靜，是難能可貴的寧靜，因為在梅斐多城的那端，將有一場巨變等待著他們。

海頓學園位於大陸首都梅斐多城，不同於專門培育引渡人的梵杉學園，這裡的課程是屬於純學術性質，培育出來的都是在各個領域的人才和領袖。

入讀的學子們必須具備兩大特點：一是擁有財力雄厚的家世背景。因為這裡普通一天的消費，就足以讓窮困人家吃上一個月。二是必須通過智力考試。這裡畢竟是歷史悠久的貴族學校，他們沒可能讓坐擁大筆財產、但是頭腦不太靈光的紈褲子弟入學，免得壞了學校的名譽。

為了更妥善照顧入讀海頓學園的富家子弟，校方特地批准了每個學子可以攜帶最多兩名的僕人進入學園，負責照顧他們的起居飲食。

「所以，當你看到學生帶著僕人經過你面前的時候，你不必感到驚訝。因為這裡就是海頓學園，貴族學校的典型作風。」

白優聿朗讀著任務指示單，眉頭挑得老高，最後以不可思議的表情說著：「以上就是情報組給的資料。海頓學園真是非一般的學校。」

洛菲琳笑著點頭。「此外，海頓學園注重私隱和自由。每一位學生都有屬於自己的房間。」

海頓學園的宿舍，雖名為「宿舍」，但實際上這裡的設計奢華瑰麗，偌大的空間分為客廳、廚房、臥室和書房，而且每一層樓只入住一位學生與其帶來的僕人。比起梵杉學園的宿舍，這裡的宿舍簡直是豪宅。

白憂聿在心裡想能夠在這裡當學生，真是一件幸福的事情。更幸福的是，他和望月還有洛菲琳在這裡的所有費用都是由修蕾負責。

「看得出來，海頓學園的作風真是非一般的奢華。」白優聿從入學通知書中抽出兩張寫滿數目的明細單。

隨便瞥一眼，他就發現上面列出參加每一個社團的費用、選修每一項科目的費用，甚至連清理垃圾、更新浴室毛巾的費用都列在明細項目裡，校方只差沒把呼吸空氣的費用也計算在內。

他咋舌，隨即賊笑起來，可惡的修蕾，他現在不趁這個機會敲詐對方一筆，他會對不起自己的良心。他已經決定此行務必讓修蕾傾家蕩產……

白優聿突然間想到另外一點。「洛菲琳，妳曾是這裡的學生，這不就代表妳也是千金小姐？」

洛菲琳淡笑不語，瞄向白優聿身側的某人之後，扯開話題。「望月他還好吧？」

「放心，暈車不會死人的。」白優聿揮手，故意一拍對方的肩膀。「對吧？望月。」

乏力癱在椅子上的望月被他一推，幾乎又要嘔了出來。少年狠狠地瞪了白優聿一眼，奈何仍舊頭昏眼花的他，眼神一點殺氣也沒有。

「嘖嘖，我真是沒見過有人暈車可以暈到像他這種地步的。」白優聿連連搖頭。

今天一大早，火車就到達了梅斐多城，在火車站等候他們的是海頓學園派出的代表，還有一輛專門接送他們到校的車子。

白優聿心底暗讚海頓學園的體貼作風，但是當那個代表提出還有兩個小時的車程才能抵達學園，他身邊的望月立即發出懊惱的低吟。

他忘記了……望月有嚴重的暈車症，結果兩個小時的車程變成三個小時的車程。原本在火車上就已經暈得厲害的望月，車子才啟動不到一刻鐘，他就打開車門大嘔一頓，嚇得學園代表緊急煞車，等到他稍微恢復才開車。

如此走走停停的，熬過了辛苦又漫長的路程，等到車子開到海頓學園的男生宿舍，嘔得全身乏力的望月已經無法走動，只能靠白優聿把人給拖下車。

當然，這也讓原本熏上花香的車子充斥著酸臭的氣息，學園代表當場垮下臉，勉強把「歡迎來到海頓學園」的客套話說完之後，就黑著臉走人。

「我看清洗車子的費用肯定會計算在我們頭上。」白優聿嘆息，他和洛菲琳身上同樣有著酸臭氣息。

少年又瞪過來，這一次他感到了強烈的殺氣，連忙揚手。「好，大家也餓了，我去準備午餐。」

洛菲琳攔下他，指了指桌上的書。「你和望月商量一下任務的事，午餐就交給我，別忘了，我是你的女僕喔，白少爺。」說畢，她調皮地一笑。

洛菲琳準備午餐？

白優聿頓時一臉陶醉。看著繫上圍裙走入廚房的洛菲琳，他忍不住發出嘆息：「我真期待洛菲琳換上女僕裝的樣子。唉……」

「耍夠白痴了沒有？夠了就過來討論任務的事。」身後冷冷的聲音傳來，望月一桶冷水淋息他的熱血沸騰。

「喂，望月，你是不是應該也學一學洛菲琳稱我一聲白少爺？」白優聿不滿對方的態度，刻意提醒對方。「男僕望月！」

「如果你想死的話，儘管這樣稱呼我。」

白優聿嘀咕幾句，認命地上前。「需要先喚出克萊兒小妹妹？」

「不。」難得把那個嘰嘰喳喳的傢伙關進書本享清靜，望月不想再被吵得頭暈。「要查出克萊兒的亡魂禁錮一事，我們必須先從克萊兒的背景著手。包括她在海頓學園經歷了些什麼、遇過什麼人。」

按照洛菲琳的說法，入讀海頓學園的學生都是擁有顯赫背景的上流階級。如此一來，離奇死亡導致亡魂被禁錮的克萊兒應該同樣擁有顯赫的背景，要查出她這個人應該不難。

難是難在查出她的死因，還有導致亡魂禁錮事件的幕後黑手。

「你負責調查克萊兒生前的事蹟，我負責調查這所學園發生過的離奇事件。」望月認真地分派任務。

「喂，聽起來你好像打算獨自去冒險？」白優聿雙手環抱。
「不是冒險，是調查。」望月白他一眼。
「我聽說學園裡似乎美女如雲。」白優聿漸漸挑眉。
「那又怎麼樣？」
「你是不是故意撇下我，好讓自己獨吞美人？」白優聿一想到對方極有可能會在「暗訪」的途中遇上美女，心底立刻不是滋味。
「白優聿，你以為我是你嗎？」望月乾脆拿起任務說明書砸向對方。
「不行！我也要一起去！」白優聿握緊拳頭一副不讓金髮少年獨吞的堅決。
「你去吃屎吧！」望月直接站起，不想再繼續這個沒營養的話題。
「望月你這樣很不對，我們是斯文人，不可以說這些沒禮貌的話——」
說到一半，白優聿的聲音陡地啞了，他看向表情同樣僵直的望月，二人這一次很有默契地摀著鼻子。
空氣中飄散著古怪的氣味，像是垃圾桶太久沒人清理的味道，又像是食物擱置太久發出的腐臭味道……
望月踉蹌一步，倒在椅子上，捂住嘴巴制止自己再次想嘔的衝動，白優聿也沒好上哪裡去，他的臉色發青，唇瓣微微顫抖，然後顫巍巍地指向廚房。
那個方向的洛菲琳正快樂地哼著歌，放上以蘿蔔雕刻出來的裝飾擺盤，準備好了刀叉，一臉期待地向二人招手。

「聿，望月，午餐準備好了。」

午餐——正是那股怪味傳出的來源。

白優聿憋住呼吸，努力擺出沒事的表情。望月沒他虛偽，直接捂住口鼻，還故意推他一把，示意他去搞定。

為了洛菲琳，白優聿決定上前，他擠出僵硬的笑容：「洛菲琳，這些菜色的味道很……特別。是什麼來的？」

「這是橘子粟米湯，香蕉蕃茄烤牛排，紅豆菠蘿煮咖哩馬鈴薯。」

橘子＋粟米，香蕉＋蕃茄，還來一個紅豆＋菠蘿＋咖哩＋馬鈴薯？

這是什麼天仙配？白優聿冒出冷汗，很委婉地道：「那個……洛菲琳，這些菜色聽起來很有趣，不知道味道會不會有點複雜呢？」

「不會啊！這是我平時研究食譜自創出來的菜色，每一道都提供人體所需要的均衡營養，尤其是水果，吃多水果身體好。對了，待會兒我再弄一個鰻魚椰汁水果派，你們有沒有興趣？」洛菲琳笑得又甜又燦爛，這些菜色都是她從書上學來的，總不會有錯。

望月霍地站起，丟下一句我不舒服，就這樣急著走進房間，將房門落鎖。

洛菲琳露出一副可惜的表情，眨眨大眼望向石化的白優聿。「聿，你應該胃口很好吧？我們一起享用午餐吧。」

「這……」來不及說出婉拒的話，白優聿已經被拖走。

夜幕低垂，望月推開了房裡的窗戶，銀色的蝴蝶翩舞飛出，朝海頓學園的四方飛去。

這是他派出去探視用的冥銀之蝶。他閉上眼睛，通過靈力感應和派出的冥銀之蝶進行聯繫，冥銀之蝶所到之處就是他視線所及之處，感應了一遍，他卻沒有發現任何的異樣。

「望月。」門外響起白優聿的聲音，壓得又低又輕，鬼祟極了。

他打開了門，迎上笑嘻嘻的黑髮男子。「你可不可以別裝神弄鬼？」

「我沒有。」對方又捏緊嗓子，擠出氣若游絲的聲音。

望月瞇起眼睛，黑髮男子連忙指了指外面。

「晚餐準備好了，這一次是我親自下廚，保證不會有問題。」最後那句話，白優聿鬼祟地壓低嗓音，比了一個很讚的手勢。

「真的？」恐怕有詐。

「我會拿這種事情騙你嗎？」白優聿直接翻個白眼。

望月想了一下，這才走出來，經過客廳的時候，他看到捧著一本書倦極而眠的洛菲琳，白優聿向他比個噤聲的手勢，和他一起悄悄溜進廚房。

香噴噴的麵湯就擺在吧檯上，香滑可口的麵條上面鋪了一顆荷包蛋，幾片青嫩的蔬菜，加上幾片油脂均勻的高級牛肉，光看賣相就叫人忍不住餓了。

「沒有蔥花的是你的，這碗是我的。」白優聿端過一碗放在望月面前。

望月睨對方一眼。「你怎麼知道我不吃蔥花？」

「嘖嘖，我還知道你喜歡吃辣的但不喜歡吃酸的，雖然是左撇子但總喜歡強逼自己使用右手，慣性的思考動作就是皺眉咬唇，我甚至還知道你內褲的尺碼——」白優聿頓時得意忘形起來，越說越多，直到望月的拳頭來到眼前，他才捂住嘴巴。

「幸好我沒讓你搬到修蕾大人家裡住。」望月慶幸自己為修蕾大人擋去了這一劫，但按照他對白優聿的瞭解，他覺得自己的私隱極可能會傳遍整個梵杉學園。

「要是你膽敢宣揚我的隱私，我會一拳揍斷你的鼻梁。」

「嘻嘻，我才不是那種多事的人，吃麵。」白某人立刻狼吞虎嚥的吃起來。

望月也著實餓了，警告完畢就動手用餐，沒想到白優聿平時瘋瘋癲癲的，煮出來的東西卻真的好吃，讓一向挑食挑到神憎鬼厭地步的他，第一次把整碗麵吃完，連湯也喝個清光。

「很好吃，對吧？呵……告訴你，我並非浪得虛名。想當年我常常被那個女人逼著做飯燒菜——」白優聿得意起來，但一說到「那個女人」他的臉部表情就僵了一下。他極快地轉移話題。「所以請別質疑我的料理功夫。」

「那個女人就是你以前的拍檔？」望月沒有錯過他臉上一閃即逝的黯然。

「嗯。」白優聿輕輕點頭，斂眉淺笑。

「我沒聽你說過她的事情。」望月睨他一眼。

沒想到這一次白優聿並沒有像上次的保持沉默，而是直接道出前任搭檔的事。「你沒問，我就不提啊……」

「那麼你現在就說來聽一聽。你的前任搭檔是誰？」望月很想知道誰那麼倒楣會成為白爛人的第一任拍檔。

「她的名字是臻．米露費斯。」

「米露費斯？」這個姓氏太過熟悉，望月止不住訝異。「我記得墨級引渡人當中有一個綽號叫做『舞動旋律』的人就是這個姓氏。」

「舞動旋律就是臻的綽號。」白優聿淡定頷首，反倒是望月一臉驚愕。

執牌引渡人共分三級，靈力最低的是琉級，依次為赤級，最高的是墨級。墨級引渡人的數量目前有十四人，他們以綽號取代自己的真實姓名。其中一個綽號「舞動旋律」的墨級引渡人曾經獨自力敵一個六級惡靈，由此聲名大振。

「你、你的前拍檔竟然是墨級引渡人?!」望月難以相信地低呼起來。

白優聿連忙比個噤聲的手勢，指了指睡在沙發上的洛菲琳，壓低聲音道：「怎麼？難道不可以嗎？」

望月語塞，執牌引渡人的搭檔人選向來是由總部內定，選中這樣的搭檔應該是米露費斯的不幸。他實在無法想像軟腳蝦白優聿是怎麼和一個墨級引渡人一起混日子。

不過，話說回頭，白優聿解開封印之後是無可否認的強大，雖然此刻的黑髮男子看起來橫豎都不像一個擁有強大靈力的引渡人。

「為什麼你和她拆夥了？是不是承受不住你時常對她性騷擾？」望月難得好奇。

「誰敢對那個女人性騷擾？我才不想被她砍成十八段！」

「那是什麼原因？」

白優聿的手抖了一下，隨即收緊成拳，沉默了好一下才回話。

「因為她在三年前……去世了。」

望月意外的看著白優聿，但對方的表情不像是說笑，應該也沒人會無聊到拿自己拍檔的生死來開玩笑，那就是說——

「米露費斯死了？怎麼可能？總部從來沒向外宣布她的死訊！」這一點才是最讓人吃驚的。

白優聿沒再說話，表情變得黯然，望月頓時後悔問了這句話。

「我……」

望月笨拙地想要開口致歉，但下一秒，電源突然中斷。突如其來的黑暗襲來，二人有瞬間的茫然，倏地一把尖叫聲響起。

「啊——」

那是洛菲琳的聲音。

CH4 美人與書

「啊——」客廳傳來的尖叫震耳欲聾，在客廳的只有一人，就是洛菲琳。

白優聿驚得連忙跳起，衝出廚房。陡地，一個身影飛撲過來，他下意識抱過對方，被撞得往後仰倒。

「解印！」望月解開封印，冥銀之蝶的飛舞帶來點點銀光，他大聲喊著：「洛菲琳妳在哪裡？」

喊叫聲霎時靜止，像是斷線風箏失去了蹤影，望月的冥銀之蝶紛飛開去，分別駐在客廳的四個方向，阻止任何的異動和入侵。

「……這……這裡！」洛菲琳的聲音伴隨著白優聿的唉呼聲響起。

定睛一瞧，望月發現洛菲琳倒在白優聿的懷裡，可憐的白優聿成了人肉氣墊，被她一屁股坐在上面。

「書本、禁錮克萊兒的書本被搶走了！」洛菲琳不理底下唉呼的白優聿，掙扎站起來緊張地大喊。

望月二話不說攀上窗口，縱身一躍，從三層高的建築物跳下，靈巧翻身著地。冥銀之蝶隨著他的動作飛舞，他站在原地，等候冥銀之蝶的反應。身後傳來腳步聲，白優聿和洛菲琳疾步追上來。

「望月！」

「洛菲琳，有沒有見到敵人的樣子？」少年蹙眉，一切太平靜了……冥銀之蝶竟然追蹤不到入侵者？

「沒有，我只是感覺到有一股力量扯過我懷裡的書本，在我驚醒的同時，我被那股力量拋向後……那個人的速度快得匪夷所思！」

幸好剛巧出來的白優聿接穩了她，要不然她不知會摔成什麼樣子。

自認為身手不錯、反應靈敏的她連敵人長相都沒看見就被襲擊了，她不禁一臉慚愧。

「禁錮了克萊兒亡魂的書不是只有洛菲琳才可以碰觸到嗎？」白優聿想到這個問題，登時一怔。

望月挑眉，東方突然有了冥銀之蝶的反應。他一揮手。「跟我來！」

二人連忙跟上他的腳步，穿過小徑，跑了好一段路，來到一堵高高的圍牆前。

「呼呼呼……這裡……呼呼……是什麼地方？」喘得半死的白優聿攀住一旁的樹幹，跑了那麼遠的一段路，他快要不行了。

「這裡是……」洛菲琳踮起腳尖打量著。

濃密的樹木包圍在圍牆之後，他們只能隱約看到建築物尖尖的塔峰，還有天藍色的屋瓦。

突然間，洛菲琳噢了一聲。「如果我沒有記錯，這裡應該是克羅恩小姐的居所。」

「什麼小姐？」

「克羅恩・馬蘭小姐是海頓校長路特・馬蘭的獨生女。七年前是海頓學園裡最優秀的學生，她的音樂天分甚至受到世界級音樂大師簡德的讚賞。但是一場意外發生導致當時十五歲的她陷入昏迷，睡了整整七年都未曾甦醒。」洛菲琳講述這個在海頓學園裡眾人皆知的故事。

當初入讀海頓學園的時候，她就聽說過這個故事，大家都說克羅恩小姐的居所像座古塔，有著天藍色的屋瓦。

和眼前的建築物一樣。

「我還聽說，克羅恩小姐在意外發生的時候，是被未婚夫奮不顧身地救下才沒有喪命，只不過那位可敬的男士卻因為救了愛人而傷勢嚴重，去世了……大家都說克羅恩小姐的未婚夫亡魂一直守在她身邊。」洛菲琳繼續說著。

正因為如此，沒人敢接近這座鬼影幢幢的建築物。時日一久，大家也遺忘了這裡住著一個昏睡的美人。

「進去看一看。」一聽到有亡魂，望月就聯想到惡靈。

「可是這樣不太好吧？我們畢竟是……」

洛菲琳說不完，金髮少年已經躍上圍牆。她一嘆，只好認命地躍上去，回首望了一眼臉色微變的白優聿。「聿，一起進去吧。」

「那個……呵呵，妳先跳，我隨後跟上。」白優聿揮揮手，死也不願意讓洛菲琳美眉發現自己遜得連圍牆也躍不上去。

洛菲琳點頭，果然先跳了進去。

白優聿咬牙。「我來了！」

先來一個助跑，他雙腿一彈，飛身縱躍，接著整個人——直接撞上圍牆，呈大字形滑落在地。

「噢！我的鼻子，我的腰，我的屁股……」靈力差、身手遜的某人壓低聲量唉呼起來，死不認命地撐起，咬牙瞪著足有七尺的圍牆。

「媽的，圍牆建得那麼高，存心要跟本大爺過意不去！」

不行，平時跟在望月身邊還可以不顧顏面地求助，現在有洛菲琳在，他才不能讓自己在美眉面前丟臉！

白優聿咬牙，瞥眼見到一旁靠著圍牆的大樹，登時有了主意。

他極快朝目標邁進，笨拙地爬上粗壯的樹身，慢慢的、笨笨的爬到了靠近圍牆的那個枝椏，他定眼一瞧，幾乎嚇得掉了下去。

竟然是人家的屋頂！

他怎麼爬得那麼高了，竟然爬到靠近人家屋頂靠近煙囪的地方！

媽的，雙腿竟然開始丟人的發軟，還晃來晃去的……

「從這裡摔下去可不是開玩笑的……咦？」白優聿像隻樹熊，緊緊抱著粗壯的樹幹，突然間瞥見了底下兩抹人影掠過。

「臭望月，你不等我就算了，竟然還拐帶我的洛菲琳?!」不行。他得趕快下去。

白優聿瞄到了左側的一個陽臺，立刻瞇起眼睛。他笨手笨腳爬到最靠近陽臺的樹幹，比了比距離，他嘴角一揚。「呵呵，看我的！」

一提氣，一咬牙，他整個人從樹幹上挺起，往前飛撲而去。

等一下！好、好像飛不到陽臺耶?!

不是吧？這樣摔下去他豈不更丟臉?!

面子勝過一切，白優聿雙手雙腳亂揮，總算及時攀緊陽臺的欄杆，只是——

「哼！」鼻子撞了上去，疼得他擠出淚水。明天鼻子肯定腫得像豬鼻子一樣，他要怎麼見人啊？

「嗚嗚，天妒紅顏，不啦，是天妒美男……」他開始自怨自艾，費力攀緊欄杆，努力爬進陽臺，好不容易站穩之後，他不禁瞠大雙目。

美人。

還是睡在床上的美人。

白優聿腦海閃過這兩句話。他眨著眼睛，喉頭滾動了一下，突然覺得自己很可能是驚嚇過度產生錯覺，連忙伸手在自己臉頰一捏。

「哎唷！」痛、痛、痛！

不是錯覺，沒有作夢，眼前躺在雪白床上沉睡的公主是真的！

睡公主擁有一張清麗脫俗的臉蛋，羽扇般的睫毛微微翹起，鼻子挺直，唇瓣像是春天最美麗的花瓣。

莫非眼前的睡美人就是洛菲琳口中所說的克羅恩小姐？

白優聿瞇起眼睛，眼神很自然地往下溜走，看到了美人公主纖細光滑的頸骨，然後眼神來到了雪白圓挺的雙峰前——

「靠！海頓的男學生真是豔福不淺！」他爆一句粗，嚥了嚥口水，絲毫不介意自己的表情看起來和色狼沒兩樣。

倏地，一件東西終於讓某色狼猛然斂去齷齪的想法，專注在美人身邊一本紅色的書。

是藏了克萊兒亡魂的紅皮書！

這本書怎麼會在這裡出現？

「找到了！」白優聿一急，踏上一步，鼻梁卻再次撞上阻攔在面前的落地窗。

他惱了，極快抽出小刀，顧不得自己的舉動有多驚世駭俗，唰的一聲切斷門鎖，直接踏了進去。

「咻——」下一秒，三團詭異的綠火在他足下浮現，畫成一個三角形。

綠火驀地往上湧去，飛快結成一個鳥籠似的結界。他一驚，已然知道這是什麼。

這是專用來防止入侵的綠火結界！

只要被困其中，唯有施咒者才可以將他釋放出來。

他暗罵一聲，手指一劃。「十字聖痕——」

救命呀！來不及了！

驀地，銀光一閃，白優聿只覺眼前某物紛飛舞動，瞬間拖延了綠火結界的功用。緊接著，他的後領一緊，一人揪過他將他扯出結界的範圍。

紛飛的銀光閃去，化作美麗璀璨的冥銀之蝶，他回首迎上一張嚴重發臭的臉龐。

「望月！」白優聿第一次覺得能見到這張臭臉是世界上最高興的事。

望月一副打算將他大卸八塊的表情，身後的洛菲琳鬆了一口氣，關切的瞧著他。

「白笨蛋你該死的把警衛都引來了！」望月咒罵一聲，轉向洛菲琳。「妳趕快拿過書，帶著這枚笨蛋離開，我去引開他們。」

「知道！你小心！」洛菲琳連忙點頭，望月一個翻身從陽臺跳落，警衛紛紛大喊追去。她來到沉睡美人的床前躬身。

「克羅恩小姐，我們無意間闖入妳的地方，請妳見諒。拿了這本書之後，我們立刻就走。」

「等一下，我們應該檢查一下四周，搶走書本的人可能會在這裡！」白優聿一想到書本無緣無故出現在這裡就覺得奇怪。

「可是望月他——」

「放心好了，那個臭臉的沒那麼容易掛掉。」而且趁所有警衛被望月引開的現在，是調查清楚事情經過的良機。

洛菲琳點頭。一旁的白優聿已經在翻找著房裡的東西，希望能夠找到蛛絲馬跡，她卻攔下他。「別亂碰，讓我來。」

白優聿看著她說完的同時摘下眼鏡。

烏黑大眼在夜裡宛如貓頭鷹的眼睛，銳利而深沉。白優聿瞧得一怔，眉開始糾起。

洛菲琳仔細觀察四周，但除了克羅恩小姐的生命跡象，和剛才他們三人所留下的印跡之外，其他的什麼也沒有。

這是不可能的事情。她剛才明明就是被人襲擊，書本也是被對方搶過帶來這裡的呀！

「洛菲琳？」

「什麼也沒有。」洛菲琳握了握拳，一臉困擾。「聿，我的雙眼可以看到一切留有生命印跡的東西。換言之，凡是被生物碰觸過的東西，我都可以看到他們碰觸當時留下的影像。這是我擁有的『穹光之眼』。」

那一次她就是利用這個能力輕鬆闖過梵杉學園機密會議室門前的「龍朵的擁抱」。

「我可以看見他們碰觸時候發生的一切事情。包括他們的長相、他們當時的動作、他們當時的說話，就如同我當時人在現場一樣。可是這一次……」洛菲琳轉身看著他。「我什麼也看不到。」

白優聿別具深意地打量她。「那麼妳也可以通過雙眼對視看到一個人的內心？」

洛菲琳頓時一怔。她竟然忘記了自己上次意圖一窺白優聿內心的事情。

「我……」

白優聿不知是忘記了還是沒把那件事放在心上。他指向沉睡的克羅恩。「或許妳可以在她身上試一試。」

「什麼意思？」

她一問完就看到白優聿爬上人家睡公主的床，跪坐在人家身側，伸手硬將人家的眼皮拉起。

「聿！」他、他這是幹什麼？

「快點用妳的穹光之眼對視她的眼睛。」

「這怎麼可能？」洛菲琳怪叫，真是會被他氣死。「克羅恩失去了意識，失去意識之生物或是死物，我是沒辦法窺視！」

「嗄？」白優聿一臉沮喪，他還以為這樣一來他可以儘快找出真相、儘快完結此任務。

「唉，難怪望月會不時對你抓狂大叫。」洛菲琳完全體會到望月的難處。

「這是什麼話？洛菲琳，妳一定是被望月荼毒了，我怎麼可能會——」白優聿立刻呱呱大叫抗議。他邊說邊比手畫腳，腳下不知怎的一絆，他陡地往後仰倒。

接著，他的後腦勺撞上了一樣綿軟有彈性的東西。

謝天謝地沒撞上牆，不然他就變成白痴了！

只不過，他是撞上了什麼？白優聿伸手摸去，意外的，那樣綿軟有彈性的東西剛好足以叫他一手「掌握」！

慢著，按照他閱女無數的經驗看來，這樣「東西」應該是——

「聿！」洛菲琳大驚，臉上除了震驚之外，還湧上憤怒。

白優聿暗叫不好，一抬首，果然印證了自己的想法。

雪白的。極有彈性的。而且那片雪白圓挺側邊還有一個拇指般大小的赤紅胎記。

沒錯，他的袖釦正好扯下克羅恩小姐單薄的吊帶睡衣，而他的大手呢？

咳嗯，正好握住昏迷的克羅恩小姐右胸。

「書怎麼會被敵人帶到克羅恩小姐的居所呢？這是一個謎團。」
白優聿一本正經地說著，可惜沒人充當他的聽眾。
望月坐在一旁以特殊方式和總部的情報組——獨羅分設進行聯繫，洛菲琳掀開了書頁，被禁錮在內的亡魂克萊兒重獲自由，正快樂地穿梭於屋內，好奇地東翻西找。
「獨羅分設已經收到資料，他們應該很快著手調查克羅恩小姐和她未婚夫的事情。」聯繫完畢的望月回過身來，卻是對著洛菲琳說話。
洛菲琳點頭，支著下巴輕嘆一聲。「到底那本書是怎麼去到克羅恩小姐那兒？」
「是咯，我也在想著這個問題。」被晾在一旁的白優聿連忙搬過一張椅子，坐在二人身邊打岔。
「昨晚冥銀之蝶感覺不到有人入侵的跡象。這麼說來，書本應該不是被人帶過去克羅恩那兒。」望月蹙眉思忖。
「可是洛菲琳明明就是被人襲擊搶書！」白優聿努力加入話題。
洛菲琳沒有理會他，只是看向對面的望月。「望月，我們現在該怎麼辦？」
某人連忙舉手想要發表意見。望月一把推開那張礙事的臉龐。「妳會使用水鏡空間嗎？」

「會。」洛菲琳立刻點頭。

「暫時將克萊兒的亡魂和書一起放在水鏡空間裡面。這樣比較方便。」望月吩咐著。

水鏡空間是引渡人用來保存重要東西的空間，說穿了這其實就是一個結界。好處在於水鏡空間與這個世界是完全隔離的，外人無法進入。唯有引渡人才能夠開啟和進入，這樣一來就不必擔心書本會被偷走或失蹤。

「要在宿舍設下水鏡空間？喂，望月——」白優聿發言，仍舊沒人理會，而且還被望月打斷。

「另外，妳利用女僕的身分去調查一下，或許會查出些什麼。」

「是。」洛菲琳顯然對眼前這個前輩拜服不已，完全聽從他的。「我現在就去準備。」

望月頷首，看著洛菲琳認真地轉身去準備。

「你夠陰險！望月！」白優聿微微咬牙。「說！你是不是對洛菲琳有意思？哼哼，不喜歡修蕾了嗎？」

少年的冷眼瞪視過來，他不怕死地繼續道：「在我面前說話不是諷刺就是威脅，在洛菲琳面前說話細聲細氣，還刻意擺出威猛的樣子，就是要讓別人留下好印象對不對？嘖嘖，我真是低估了你！你這個陰險毒辣的臭小子！」

哼哼，在洛菲琳面前故意落他面子對吧？而且剛才還刻意忽視他的存在！

一想到剛才二人眼底只有彼此，自己半句話也打岔不了，白優聿就惱怒！

望月意外地沒有好像以往那樣揪過他怒吼。只是呵呵冷笑。

「我陰險？總好過某隻染上顏色的狼，半夜三更撲上別人的床，當著人家面前伸出魔爪緊握別人的胸部不放，過後還死不要臉地說：我不是故意的……」

昨天晚上的事再次被提起。白優聿的臉色立刻唰的一聲赤紅，之後轉為鐵青，他第一次無比激動地揪過對方。「我都說我不是故意的！」

「平時思想齷齪就算了，我沒想到你連舉止行為也猥褻成這個樣子。」

「你！你絕對是故意醜化我！」

「哼，不必我醜化，你已經讓別人看清猥褻的一面了。」

白優聿咬牙切齒，驀地，洛菲琳的房門打開了。一個翩然身影躍入他的眼底。

純藍色的裙子、純白色的長襪、純白色的小頭巾，還有女僕裝裡絕對不可少的必殺——白色蕾絲圍裙！

洛菲琳穿上這種溫柔治癒系的裝束之後，意外的讓人覺得嬌俏誘人。

叮叮叮！白優聿燃起怒火的雙眸登時被愛心填滿，他一臉陶醉地看著洛菲琳。

要命了。天堂啊。他看到夢寐已久的洛菲琳女僕裝扮。

「呵呵，洛菲琳好美——」話到一半，白優聿忍不住吸氣，洛菲琳向他走來了。

「我們走吧。」美美女僕開口。

「好，去哪裡？」白優聿立刻笑得見牙不見眼。

「呃……我是對望月說話。」

甜美柔膩的笑容揚起，讓白優聿幾乎站立不穩。可是下一秒，他雙眼突出，洛菲琳竟然、竟然走向他身側的望月?!

什麼?!他的洛菲琳天使要跟臭臉望月走人?

望月竟然還點頭。二人旁若無人地並肩越過他。

「等一下!」他終於忍不下這口鳥氣!伸臂一攔,他指向望月。「洛菲琳,妳為什麼要跟他一起走?」

呃……場面有點像是窮途末路的笨小子阻攔跟人跑路的老婆。

「學園裡面正舉辦一場『女僕交流會』,我隨望月一起去調查。」洛菲琳終於看向他,不過下意識地閃去望月身後。

嗚啊,那副表情活像把他當成色狼看待!

白優聿薄唇微顫,還是指著望月。「他是女僕嗎?人家女僕交流會關他什麼事?」

「我是順路護送。」望月直接彈開他的手指,不顧他大呼小叫,撂下一句。「你也好好給我去上課,打探消息。」

也不管對方嘟囔些什麼,他帶著洛菲琳一起走出宿舍,關上門。

「我現在才發現聿他有些神經質。」洛菲琳低聲說著。

「他平時都是這個樣子。」望月難得回答她。

「咦?聽你這麼說,好像他有時候不是這個樣子?」慘了,洛菲琳完全把白優聿當作是慣性神經質的男子。

「嗯。」望月沒說什麼,不作聲地往前。

遇上正事的時候，妳才會發現白優聿隱藏起來的一面。

這是望月擺在心底最誠實的話。

「親愛的白同學，您好。您現在選修的是大陸歷史課。我是您的指導老師，亞浮老師。」

這是白優聿在踏入課室前收到的一句公式化回答。

「親愛的白同學，如果您覺得疲倦的話，您可以出去洗把臉清醒一下。啊，請記得拭乾你嘴角的口水。」

這是白優聿在苦撐半個小時之後，終於忍不住睡了過去，被導師喚醒後接收到的話。

「親愛的白同學，今天的課到此為止。我期待著下一次與你見面，請記得把將這次課程的費用匯入這個戶口，我們下一次再見。謝謝。」

這是白優聿苦苦支撐了三個小時課程之後，導師塞給他一張費用支出明細單時候說的話。

白優聿拿著那張費用明細單，好看的劍眉聚攏、挑起。他真的沒想到堪稱貴族學園中的貴族學園竟然……是採取每一堂課收費制度的。

這裡的課程和導師全是鑲金帶銀的嗎？

但很快的，他鬆了鬆肩膀，露出邪惡的笑容。

來上課，他犧牲的是睡眠，但是修蕾犧牲的是白花花的錢。

這樣一來，修蕾很快就會宣布破產。他呀，大仇得報！

「白同學嗎？」身後突然響起一道聲音。白優聿回首，迎上一個男生。

噢，好像是剛才和他同班的同學。

「你好。有事？」在什麼人面前裝扮什麼角色向來是他白優聿擅長的本領。此刻的他一點也不像之前的神經質、心靈脆弱的白優聿。

現在的他是貴公子。白少爺勒。

「我叫連子俊。因為班上比較少東方人，所以我對你的印象比較深刻。」其實之所以印象深刻，是因為對方一直在打瞌睡流口水。

白優聿微笑點頭，看起來就像是一個風度翩翩的俊雅貴公子。但其實他現在很想打呵欠，如果對方是個女生，他或許會比較起勁。

「其實也沒有別的。我看你一直對著那張費用明細單出神，我想你應該是新來的學生，對海頓學園沒那麼熟悉，所以對海頓的制度感到困惑？」

對方真是一個大好人。白優聿一笑，揮揮那張單子。「其實也沒什麼困惑，反正送我來讀書的那個人有錢，我自己不需花一分一毫，一點也不心疼。」

「原來你是被父親大人送進來海頓唸書。」連子俊直接把「那個人」翻譯成他的「老子」。

他打跌。有修蕾這個老子，他乾脆一頭撞牆算了。不過，他仍舊笑容不改。「呵呵，如果你沒其他事的話，我先回宿舍了。」

他還要趕回去監視望月，看對方有沒有打算對洛菲琳怎麼樣！

「白同學是住在那一棟宿舍？」沒料到，連子俊還是跟了上來。

「就是那棟青色屋瓦的。」他只好應酬。

「原來是森波綠苑！真是太巧了，我也是住在森波綠苑！」

嗄！森波綠苑？那是什麼怪名字？白優聿挑眉，住了一個晚上他才知道自己宿舍的名字。

「你知道嗎？以前森波綠苑住了一個學生，他是海頓學園裡連續拿下三年全優生的傳奇人物，雖然已經事隔七年，但是至今沒有一個海頓學生可以打破他的記錄。」

「是嗎？」白某人答得超敷衍。

「嗯。他的名字是艾克斯．溫。每個人都以住在森波綠苑為榮，因為他是這間宿舍的代表。」

「噢，是啊……現在他人呢？」

「很不幸的，在七年前畢業晚會之前就意外去世了，他當時是為了拯救克羅恩小姐才會過世的，唉……真是可憐。」

對方打開話匣子說得起勁。白優聿先是聽得無聊，但仔細一聽似乎聽出端倪。那個熟悉的名字——

「艾什麼溫的是克羅恩小姐的未婚夫？」他聯想到這一點。

「原來白同學也知道克羅恩小姐的事。對，艾克斯．溫就是克羅恩小姐的未婚夫。」連子俊點頭。

白優聿不禁蹙眉。怎麼會那麼巧？禁錮克萊兒亡魂的書無端端出現在克羅恩小姐的居所，而更巧的是他居住的宿舍竟然是克羅恩小姐未婚夫生前居住的宿舍？

他記得洛菲琳說過，傳聞中克羅恩小姐的未婚夫死後，化為亡魂一直守候著昏迷不醒的未婚妻。

如果將這幾點連貫起來，他不難發現事有蹊蹺。

直覺告訴他，他應該循著這一個方向查下去。

哈哈，這一次是他意外的收穫，他一定要叫洛菲琳對他刮目相看！

「連同學，你可以告訴我，艾克斯．溫和克羅恩小姐是在哪裡出事的嗎？」他連忙搭過對方的肩膀，假裝混得很熟地問著。

CH5

火靈與襲擊

天空看起來暗暗的，是不是要下雨了？

亡魂克萊兒趴在沙發上，呈現一條死魚狀態。她張了張嘴，發出無聊的單音，凝睇窗外灰濛濛一片的天際。

全部人都出門了。從早到現在，四周都是冷冷清清的，沒有任何的雜聲、沒有任何的動靜，就好像在這個世界裡只有她一人，嗯，是一鬼。

聽那個臭臉的說，他好像設下了什麼水鏡空間，隔離了她的所在和外面的世界。

這麼一來，她的世界又變得寂靜無人……她回到了之前藏於書中、沒被任何人發現的時光。

她真討厭這種被遺忘的感覺！

「啊，好悶，會悶死一隻鬼啦……」克萊兒搗著頭，不斷在沙發上踢腿打滾。

剛好開啟水鏡空間進來的白優聿有些傻眼地看著打滾美少女。

「克萊兒妹妹，妳這樣很不雅觀喔。」他出聲提醒少女。

克萊兒一怔，連忙跳起來。「太好了！終於有人回來，我自己一個悶得快要發瘋！」

「不怕不怕，我帶回了一個專治悶得發瘋病的東西。」白優聿笑嘻嘻地從背後抽出一樣東西。

是一本五彩繽紛的雜誌！

「啊！是《青春少女萬歲》最新一期的雜誌！」克萊兒不禁驚呼起來，高興地衝上來環著他的脖子興奮跳叫。

「咳咳，別那麼用力……妳喜歡就好。」

「你怎麼知道我喜歡看這本雜誌？」克萊兒乖乖盤腳坐在沙發上翻閱，隨口問著。

「像妳們這種年紀的女孩都是喜歡化妝、時尚還是娛樂消息什麼的東西，所以這本雜誌才可以銷得那麼快。」以前他家的妹妹小莎也是每期都追。

「噢，原來白白專攻研究少女的心理。難怪昨晚……嘻嘻。」

「昨晚什麼？」某人立刻反射性地揚起高音，臉部表情扭曲。

「沒有沒有。」克萊兒連忙抱緊自己的《青春少女萬歲》，免得被惱羞成怒的對方搶走，諂媚一笑。「我只說你是一個體貼的大哥哥。」

白優聿這才收回張牙舞爪的表情。說實話的，眼前這個古靈精怪的十五歲小美眉，真的有點像他家的小莎，一股親切的感覺油然而生。

他搖了搖頭，坐下來靜靜回想連子俊剛才和他提及的事。

——海頓學園的南面有一座廢置的校舍。雖然說是廢置了，不過校方每月還是會派人去打理清潔，再加上南面有一個小湖和公園，所以就成了校內情侶們晚上約會的好去處。我聽一個學長說的，當時克羅恩小姐約了艾克斯去到那裡，後來兩人不知發生什麼事情，翌日清晨被人發現他們都躺在地上，克羅恩小姐被艾克斯護在懷裡，昏迷不醒，艾克斯則頭部重傷，沒救了。

連子後是這麼告訴他。後來經過調查，發現二人是意外摔下樓梯。摔下樓梯之際，艾克斯及時將克羅恩保護在懷裡，愛人昏迷了，他自己則傷重逝世。

這件事情之後，海頓學園的校長馬蘭下令封鎖起學園南面的廢置校舍。聽說，他為了一直昏迷不醒的獨生女尋遍大陸的名醫，努力了七年還是無法救醒她。

「克萊兒，問妳一個問題。」白優聿來到她身邊坐下。

「嗯。」少女的注意力全擺在雜誌上。

「昨晚的事妳有沒有印象？」

「有什麼印象？」少女偏首，一臉好奇。

白優聿耐心地問著。「妳藏在紅皮書裡面的時候，有沒有感覺到異樣？」

「沒有。我也是從你們嘴裡知道我曾經被一股力量帶走的事情。」克萊兒刻意壓低嗓音說著「一股力量」這四個字，想要製造詭異的氣氛。「白白，你說是不是有惡靈作祟？」

這些日子老是聽到他們討論惡靈的課題，克萊兒好奇極了。

「被帶走的時候，妳沒有感覺到什麼嗎？」白優聿不答反問。

克萊兒頓感無趣地聳肩。「真的沒有。基本上我待在書裡的時候就好像待在這裡一樣，感覺不到外面的動靜。」

白優聿蹙眉。水鏡空間突然有了動靜，某人開啟了入口，他一看，正好看到那張臭臉。再一瞧，臭臉背後跟了一個甜美女僕，他立刻轉冷睇為熱情，站起迎上。

「洛菲琳辛苦了。今天有打聽到什麼消息嗎？」他殷勤地上前。

「呼，累了一天。沒收穫。」洛菲琳直接倒在沙發上，呼了一口氣。

望月坐在一旁，依舊沉默不語。不過看對方的樣子應該也是一無所獲。看來唯一有收穫的人是他喔。

呵呵，這一下還不讓洛菲琳對他刮目相看嗎？

「我——」

「望月，你餓了嗎？我去準備晚餐。」洛菲琳很快打起精神，打斷想說話的白優聿。後者一臉哀怨，望月還沒來得及回答，洛菲琳已經一笑。「今天大家都辛苦了，我煮一頓好吃的水果大餐慰勞大家！」

「我也去！我也去幫忙！」喜好熱鬧的克萊兒難得見到大家回來，連忙放好雜誌，飄進去廚房追隨洛菲琳腳步。

白某人垮下肩膀，沮喪地走到一旁畫圈圈。望月卻在此時站起，二話不說打開水鏡空間，讓他連忙回神。「喂，去哪裡？」

「你想吃水果大餐的話，儘管留下，我沒興趣。」那張酷酷的臭臉竟然閃過一絲恐慌的表情。

白優聿也想到這個恐怖課題，連忙搭過對方的肩膀。「走走走。」

「為什麼帶我來這裡？」

望月頂著一個問號，看著眼前一片幽暗深沉。他被白優聿扯來學園的南面，這裡的雜草幾乎及人的高度，到處飄散著怪味，這個地方出現在高貴的海頓學園裡面，更顯得格格不入。

「這裡是廢置的校舍。」白優聿在他後面低聲說著。

「這麼明顯的事實，我看不出來嗎？」望月白對方一眼。光看外表就知道，這裡是被廢置的舊校舍。

一棟看起來年久失修的建築物就隱藏在雜草之後。

白優聿被對方噴得鼻尖滿是口水，但還是煞有其事地道：「通常廢置的舊校舍……都充滿禁忌的傳說。」

「你哪來那麼多廢話？」望月以十分古怪的姿勢看了一眼還不肯下地的他，冷肅的眼神開始凝聚殺氣。「你還想掛在我身上掛到什麼時候？」

仔細一看，身形頎長的白某人正華麗地以樹熊爬樹的方式掛在望月的背脊上。

瘦骨嶙峋的望月被迫展開八字腳才可以站穩，罪魁禍首至今還沒有絲毫的醒覺，自動自發爬下來。

「嘖，小氣。」白優聿慢條斯理地鬆開勾住對方脖子的手，雙腳平穩著地。「你的背硬綳綳的，養了兩個月還是沒長肉……」

這句話讓早已滿肚子氣的望月終於火山爆發。他用力瞪向還打算嘟囔的白優聿，完全被惹惱，揪過對方就是破口大罵。

「我要求你掛在我身上嗎？是哪個笨蛋連躍上圍牆的本事也沒有？我扯你的頭髮拉你上去你說不好，我拉你的手帶你躍上去你又說不好，後來竟敢要求我抱你躍上去，你說我有沒有可能該死的抱、你、呀？」

望月今天再一次見識了白優聿的無能之處。走幾步路，對方氣喘如牛；翻個圍牆，對方竟然推說雙腳無力。望月在無計可施之下，只好扛著這隻比自己更重更高的傢伙翻過圍牆，花費了他多少力氣不再話下，對方竟然還敢出口嫌棄！

「別這樣嘛。」白優聿假裝若無其事地笑著，企圖掩飾自己的過分。

金髮少年直接揮拳，白某人連忙握緊那隻砂鍋般的大拳，馬上說著重要的事情。「我查到了克羅恩小姐的事，所以我——哎喲！」

拳頭沒有揮向面門，而是擊中肚子。白某人唉呼一聲抱著肚子彎下腰，望月冷哼一聲。

「這麼重要的事情竟然不早說？」

不管對方齜牙咧嘴的表情，他轉身打量四周，如果他猜想得不錯的話。「這裡是克羅恩出意外的地方？」

不難發現，這裡地點偏僻，鬼影也沒一隻，很符合出意外之後沒及時搶救而昏迷不醒這一點。

「對。我查到的消息是指克羅恩小姐和她的未婚夫就是在這個地方摔落樓梯，然後因為沒有人及時發現，落得一死一傷。」裝死完畢的白優聿點頭說著。

「克羅恩的未婚夫？」望月微訝。

「艾克斯．溫，他的名字。據悉當時克羅恩小姐約了對方來到這個地方約會，那個時候是晚上，意外發生之後直到翌日早晨他們才被其他人發現。而且有一點我覺得很有趣，艾克斯．溫生前居住的宿舍就是我們現在住的那一棟。我查過了，我們所在的房子就是當年艾克斯曾經入住的房子。」

「這麼巧？」望月挑眉。他細細想著事情的前後，指出要點。「至今為此，我們遇上的事情都和昏迷的克羅恩扯上關係。」

書莫名飛到對方的居所，住下的房子和對方未婚夫所住的房子竟是一樣……這些會是巧合嗎？

白優聿也認真起來。「所以我覺得我們應該來這裡查一查。」從出發點開始著手應該會有所獲。

這一次望月沒有異議。他翻開右掌解開封印，冥銀之蝶翩然飛去。「走，進去看一看。」

二人進入殘舊的建築物。牆壁上長滿青苔，地面的磚塊已經裂開，出現好幾個窟窿。冥銀之蝶在二人前面照亮引路，望月仔細檢視四周是否有異，跟在後面的白優聿也是步步為營。

突然一股焦臭的味道傳來，二人不約而同停下腳步。

「什麼味道？」白優聿捂住鼻子擰眉。

那股焦臭味越來越濃烈，竟好像肉類烤焦的氣味。望月分辨氣味的方向，大步往左邊的課室走去。

白優聿連忙跟上。他和望月幾乎同時踏入左邊那間課室，也幾乎同時震驚瞠目。

一具焦黑的軀體橫臥在破舊的桌子上，燃起了藍色的火光，焦臭氣味撲鼻而來，讓人聞之欲嘔。

仔細一看，白優聿失聲驚呼出來。

「是……是人！」

望月瞠目，忍不住抖了一下。他也看出了正在被藍色火焰包圍的是一具人類的屍體，而且重點是正在燃燒的火焰並沒有蔓延開來，只是輕輕包圍了那具軀體。

白優聿突然踉蹌一步，結結巴巴說著。「是連……子俊……提供線索的……同學。」

他認出了對方手腕上的金鐲子，藍色火焰下並沒有將之融化。

望月咬牙握拳，飛舞的冥銀之蝶倏然靜止。這是代表——

冥銀之蝶測試出了惡靈的反應！

「白優聿！」他一喝。幾乎同時，他看到黑髮男子捂住左邊的脖子，表情充滿痛楚。

左邊的脖子正是白優聿消失的封印所在位置！

他記起上次在迎戰血靈的事件中，白優聿封印所在的位置在感應到惡靈的存在之後就變得滾燙刺痛，這一次和上一次完全一樣！

「小……心。」白優聿費力說著。

不用對方特別叮囑，望月已經提高戒備。冥銀之蝶停在他和白優聿的周圍，看似雜亂無章的排序，其實是一道防線。

「來了——」望月手一揮，冥銀之蝶飛湧向前方。

但是，前方一點動靜也沒有。彷彿剛才二人所見的一抹黑影只不過是幻覺。

陡地，一道勁風颳過，他的右臂同時一痛，出現一道血痕。

身後的白優聿也是輕哼一聲，望月挑眉回首一睨，發現對方和他一樣都是右臂被劃出一道血痕。

可是那道勁風來得太快，而且悄然無聲的，他們事先完全感覺不到有人攻擊。

速度快得匪夷所思。望月和白優聿不約而同想起洛菲琳之前的說法。

這個惡靈極有可能是襲擊洛菲琳並搶書的神祕者！

白優聿轉過身，和望月背貼著背，二人屏住呼吸，凝神以對。

空氣中只有焦臭的味道，望月瞥了一眼還在著火的屍體，咬了咬牙。猛地，臉頰上一痛，左頰出現一道血痕。

「你他媽的竟然挑老子的臉蛋下手！毀容的話我絕對把你剁成肉餅！」身後傳來白優聿的破口大罵，不用說對方的臉頰一定也是中招了，對方才會激動得爆粗。

「冷靜一點。」望月提醒還在不斷問候對方祖宗十八代的白優聿。

「冷靜個屁！刮傷的是我的臉！我靠的就是這張臉吃飯！我最引以為傲的臉蛋損了，我還能冷靜？」某個死愛面子的黑髮男人抓狂大叫。

「你不靜下來，我聽不出對方的腳步！」望月也火了。他同樣受傷好不好？

「那是你功力不到家，關我屁事！」白某人同樣很嗆。
「該死！你敢說我？你也不想想自己，連翻過圍牆的動作也做不到，有你這種搭檔是我倒足八輩子的楣！」望月乾脆轉身過來，一把揪過黑髮男子激動得口沫橫飛。
「哼，我也有同感，有你這種喜歡遷怒別人的暴力男作拍檔是我倒足十八輩子的楣！」白優聿的吐槽本事向來所向披靡。他仰首，硬是在數字上將對方比下去。
「我倒足一百零八輩子的楣！」金髮少年嚴重不忿。
「我比你多一倍！」黑髮男子立刻反駁。
「一倍是多少？說啊！」
「就……就……靠！我為什麼要算給你聽啊？」
幼稚又毫無營養的對白讓躲在暗處的攻擊者連連打著呵欠。這兩位幼稚得連三歲孩童也唾棄的引渡人就是那位大人口中的——
完美又可怕的組合嗎？
算了，他還是趁早幹掉這兩個幼稚鬼，趁早收工去！
悄然無聲的攻擊再次逼近，這一次不像之前兩次純粹屬於試探性質，這一次是對準二人的咽喉，人體最致命的要害——
哪知道原本互相揪扯彼此衣領的二人倏然往兩旁閃開，攻擊者的一擊落空，一把吆喝聲從黑髮男子嘴裡響起。
「十字聖痕，光之束縛！」白優聿一喝，一道不算太過堅固的繩索纏上攻擊者的腰身。

攻擊者先是一驚，隨即冷笑出聲。要解開這種程度的束縛一點難度也沒有！

他雙臂一振，以蠻力掙斷光繩。但他低估了這對幼稚拍檔的實力。

「冥銀之蝶。」望月已經確認攻擊者所在的位置，霎時間冥銀之蝶飛舞，纏上攻擊者的四肢和腰腹。

攻擊者大驚，竟然完全動彈不得。冥銀之蝶像是吸收了他的精力，讓他的幻術瞬間化解，也讓他現出原形。

一個紅髮豎起的矮子惡靈跪在二人面前。

「火靈，屬於三級惡靈。專長是利用火光製造幻覺，也就是俗稱的幻術，利用幻術隱藏身影，達到突襲的作用。」望月如數家珍，一下子就列出對方的特徵。

「怎麼可能？你們不是在吵架——」被束縛的火靈急著大吼。

「吵架的同時也可以工作的，小弟弟。」白優聿拍去身上的灰塵，瞄了一眼正太火靈。

對方憤恨瞪過來，白優聿一笑勾上望月的肩膀，拍了拍。「別看望月這副呆相，他很精明的。他發現到藍色火光並沒有蔓延，就猜出這是幻術。加上剛才承受的那兩次攻擊更讓我們確定你利用幻術隱藏起來。所以我們就在一邊吵架的時候一邊設下光壁。」

「光壁是十字聖痕咒言中可以抵擋攻擊的結界。你的攻擊雖快，但遇到光壁就會受到阻攔且反彈，我們就能及時閃開也及時察覺到你的所在。」望月推開得意洋洋的白優聿，走了上前。

「無可否認，連子俊死於你火靈之手。按照總部定下的規矩，你將進入輪迴之門接受輪迴廳的審問處判。」望月宣布著，手一揚，纏在火靈身上的冥銀之蝶雙翼上泛起銀色光芒。

火靈臉色大變，不斷掙扎。

「在這之前回答我。七年前一對情侶在此遇害的事，是否與你有關？」望月沉聲喝問。

火靈用力掙扎，臉色越變越驚恐，似乎有什麼可怕的事情即將在下一秒發生。

「說！」望月揚手，冥銀之蝶纏得更緊，火靈發出難聽的嘶吼。

下一秒，一團火焰從火靈張大的嘴巴噴出，伴隨著淒厲慘呼，熊熊大火燃竄火靈身軀，冥銀之蝶掙扎飛散，望月和白優聿急退幾步，瞠目看著被火勢吞沒的火靈。

「他……自焚?!」望月震驚不已。

惡靈在引渡人的引導之下踏向輪迴之門，進入輪迴廳。輪迴廳將依惡靈生前和死後的功績進行審判，但有些惡靈生性冥頑，會選擇在最後關頭和引渡人同歸於盡。再次身死的惡靈將永遠無法進入輪迴廳，永世化作人間的塵粒。

但是火靈的情況看起來半點也不像是想和他們同歸於盡。

事情看起來……非常不尋常。

「我聯絡總部，你去聯絡校方。」望月很快冷靜下來，睨了一眼發愣的對方。「白優聿？」

「嗯，知道了。」白優聿斂眉，藏去了眸底的一絲異色。

廢置的舊校舍相隔七年後再次傳出命案，這一個消息震驚了整個學園，也成了轟動全城的驚人消息。

「連先生，連夫人，身為海頓學園校長的我代表學校向二位致以最真摯的歉意。我答應你們一定會徹底查清楚這件命案，給你們一個最好的交代。」

海頓學園的校長辦公室，一個西裝筆直的中年男人來一個九十度的躬身，對面坐著一個戴著金框眼睛的年輕男人，一看就知道是社會精英分子，他按住身邊一位中年美婦的肩膀低聲安慰著，並沒有理會中年男人的道歉。

負責通知校方的白優聿在校長辦公室待了將近十二個小時。他眯眼望著窗帘外的陽光，難得的沒有睡意，蹙起眉陷入思忖。

有人死了，他的心情自然好不到哪裡去。而且死者還是和他談過話的同學。

「請二位節哀。」海頓學園校長馬蘭先生再次躬身，一臉冷汗。

「節哀？我們怎麼能夠節哀？海頓學園竟然出現惡靈，子俊莫名其妙在這裡送命！馬蘭先生，你讓我深深質疑著海頓的安全措施！」

「這、這……連先生，我們一定會給您一個交代。」

「哼！這件事我會直接聯絡國會代表，要他為我弟弟討回公道！」這句話讓馬蘭先生急得頻頻拭汗。

白優聿的眼神落在年輕男子和中年美婦的身上，眉蹙得更緊。

命案中的死者連子俊正是梅斐多城內最大型運輸企業——「戈寧」企業的二少爺。這麼一位大有來頭的人物在海頓學園遇害，而且還被惡靈燒成焦屍，這不由得讓連氏家族的人悲憤交加。

白優聿看著馬蘭先生盡力安撫二人，得來一頓責罵遷怒之後，馬蘭先生這才好不容易將二人送走。

愁眉苦臉的對方一轉身，迎上他的同時強自打起精神。「白同學，你也忙了大半天，回去休息吧。」

「馬蘭先生打算怎麼做？」

「我會通知引渡人總部，讓他們派出人手過來。你不必擔心安全的問題。我相信……這僅是意外。」

意外？白優聿瞇起眼睛，道出心底的疑惑。

「七年前克羅恩和艾克斯也是同樣在舊校舍出事。」

馬蘭先生全身一震，驚訝地看著他。但很快的，對方平靜下來，輕輕搖頭。「白同學想必是聽說了小女和艾克斯的事情。那件事純屬意外，和連同學的事件一樣，都是意外。」

白優聿以審視的眼神盯著對方，把某些沒必要說出口的話藏進心裡。

對方在他的盯視之下微微不安，他突然開口。「馬蘭先生，這裡之前可曾發生過惡靈事件？」

「沒有。白同學，你真的不必過於擔心。校方定會保障學生們的安全。」對方表情一僵，擠出一抹不自然的笑容。「我還有很多事情要處理，你先回去吧。」

白優聿一笑，站起。「好的。我先回去，再見，馬蘭先生。」

「好好休息。再見。」

白優聿走出校長辦公室，轉個角就碰上金髮少年。少年雙手環抱倚在牆壁，似乎等他很久了。

「總部會派人過來接手連子俊的事情。會要求我們提供資料。」望月也是一夜未眠，疲憊地揉著眉骨。「馬蘭校長那邊怎樣了？」

「連子俊的家屬來了，好像還會把事情鬧到國會去。不過有一件事，倒是讓我在意起來。」

「什麼？」

「馬蘭的反應。」

「嗯？」

「他好像隱瞞了某些事情。」

CH6

宿敵與歌聲

「昨晚發生了這麼大件事，你們怎麼都不通知我？」

一回到森波綠苑的宿舍，洛菲琳劈頭第一句就是問這句話。當然，她還有更在意的事，那就是她昨晚準備的八道豐盛水果大餐，在無人問津的情況下已經被丟到垃圾桶了。

「通知妳有用嗎？」望月一桶冷水潑過去。

洛菲琳握緊拳頭，為望月的態度感到微惱。

「我雖然是菜鳥，但是修蕾大人把我派來，我就必須和你們好好合作，你這樣不是太小看人了嗎？」

望月只是淡淡瞄她一眼，隨即起身進房去，甩上了門。

「望月！你——」

「洛菲琳，算了。」

白優聿拉過惱怒的洛菲琳，搖了搖頭。「望月的性格就是這樣，他雖然有時候又踐又欠揍，不過他並沒有貶低妳的意思。」

遇上要緊事情，望月就會變得冷厲暴躁。他之前也領教過對方的彆扭性格。不過望月並沒有瞧不起任何人的意思。

「那麼你們處理得怎麼樣？」

擔心了一個晚上的洛菲琳也在他的勸慰下冷靜下來，她現在比較關心事情的進展。畢竟這件事現今已經牽涉到一件命案了。

白優聿難得地露出認真的表情。「總部的人應該很快會來到這裡接手後續的工作。至於疑點嘛，就是一點接一點，卻暫時連貫不起來。」

到目前為止，疑點是一個接一個浮現，但這些看似無關的疑點似乎正緩緩指向某個模糊的焦點。

「我總覺得這些事情應該是有關聯的。」這是白優聿的直覺。他揉著眉頭。「我先去小睡一下，克萊兒就麻煩妳了。」

洛菲琳點頭表示明白後，他走進房內，平躺在床上，閉上眼睛陷入沉思。他雖然很累，可是心無法安定下來，一個又一個疑點在他腦海掠過。

一開始為了克萊兒來到海頓學園查找真相，結果陰差陽錯遇上克羅恩小姐……

再接下來扯出克羅恩和艾克斯的生死戀情，再再接下來就是連子俊神祕地遭到火靈殺害，而且出事的地點還是和克羅恩七年前出事的地點相同……

最巧合的是，火靈選擇在他們出現的時候現身，最後神奇地引火自焚?!

這些疑點像是打結的魚網，怎麼掙怎麼解還是糾成一團。

「我看漏了什麼重點嗎……」他嘀咕一聲，轉個身，不知不覺睡了過去。

白優聿是被一聲嘆息吵醒的。

他睜開眼睛，忽然迎上一雙骨碌碌的大眼睛，眼熟的少女坐在他床沿，無辜地眨著眼睛。

「克萊兒，妳怎麼會在這裡？」真是的……他被克萊兒嚇得心臟快要從嘴裡跳出來了。

「洛菲琳姐姐出去了，望月也出去了，我閒著沒事就溜進你房間，看你睡覺。」說實話，身為亡魂的好處就是不用開門，可以直接穿透過他緊鎖的房門。

克萊兒一笑，毫不理會一臉黑線的白優聿就說著。「可不可以也帶我出去玩啊？你們每天把我困在水鏡空間裡面，我悶都悶死了。」

「基本上，妳已經死了，所以是不會悶死的。」白優聿爬梳凌亂的頭髮，微覺好奇。「我睡了很久嗎？怎麼洛菲琳和望月都先後出去了？」

「現在是傍晚時分。」克萊兒說著，白某人登時咦了一聲，她聳肩。「臭臉的說，什麼總部派人來了，他自己去接見他們。洛菲琳姐姐好像是出去搜查資料了。」

「洛菲琳去搜查什麼資料？」白優聿擰眉。莫非她發現了什麼疑點？

「我怎麼知道？」克萊兒嘟嘴，毫不客氣往他床上一躺，呈現不雅的大字形，展開左右翻滾大撒嬌行動。「我要出去！我要出去啦！白白，帶我出去解悶好不好？」

白優聿無奈地坐開，看著不斷翻滾撒嬌的少女。

「我沒辦法帶妳出去。畢竟妳是被禁錮在書中的亡魂，能夠碰觸到那本書的人只有洛菲琳。」

「禁錮在書中的亡魂……禁錮在書中的亡魂……來來去去都是這句話，人家就是不明白什麼意思！」克萊兒洩氣地捶打枕頭，發出不耐煩的低吼。「不管、我要出去啦！帶人家出去玩啦——」

魔音來襲，白優聿按住雙耳，這種介於女孩和女人年齡的女生最是難搞，因為她們一旦耍起性子來，絕對比小孩子更加任性。

「我沒辦法，洛菲琳不在……」

「洛菲琳姐姐回來之後我就可以出去嗎？」她立刻充滿期待地看著他。

「也不是這麼說……」這麼做多麼危險呀！白優聿不想節外生枝。

噗！一記飛枕甩了過來，正中他的面門，少女耍性子地大叫起來。「你騙人！你欺騙人家的感情！」

「克萊兒妹妹，這些話不可以亂講的喔。」白優聿臉上冒出三條黑線，抱過枕頭。

「我不管！我就是要出去！或許我出去之後可以記起以前的事情！」某野蠻少女掄拳抗議。

「妳乖啦，別鬧，最多待會兒我去買多幾份少女雜誌給妳。」

「我不要！我要出去！我要——」

驀地，白優聿伸手按住她的嘴巴，將她推按向床上制止她的掙扎。她瞠目，白優聿一臉凝重，低聲說著。「噓，有陌生人進來了。」

水鏡空間向來只有引渡人才可以開啟，但是此刻開啟入口的那人，有著陌生的氣息，並不是望月或洛菲琳，這讓他頓時心生警惕。

雖然來者也是引渡人，但是這股強悍霸道的氣息隱隱讓他覺得不妥。他神色凝重地吩咐。「在這裡待著，別出來。」

克萊兒當即乖乖點頭，難掩驚恐。他一說完就開門出去，剛好來得及迎上踏入水鏡空間的高大男人。

幾乎當下，白優聿戒備的表情轉為震驚，他瞠目看著對方。

對方擁有一頭亮眼又刺眼的紫髮。紫髮男子俊顏上沒有別的表情，只掛了看得白優聿逐漸火大的鄙夷輕蔑。

然後，對方開口了。

「我只是循著水鏡空間的痕跡過來一看。沒想到會在這裡遇上你。」

記憶如潮水般湧上，窒息的感覺在胸間燃起。那段不愉快的回憶讓白優聿輕輕一顫，隨即湧上怒火，他甚至覺得對方噴出來的氣息，刺激著他全身的神經。

火辣、疼痛。

「我也沒想過會在貴族學園這種高級的地方遇上你這種人。」白優聿臉上出現前所未有的敵意，挺直腰桿，眸光變得冷銳。

「話說，你比我還更不入流，既然你可以出現在這裡，我自然也可以出現。」

白優聿不再回話，只是打量著對方。按照他的理解，對方不可能無端端出現在這裡，唯一的可能就是——

對方是為了接任務而來。

望月不是說去接見總部派來的執牌引渡人嗎？這麼說來，紫髮男子就是被派來的執牌引渡人？

「要資料的話去找我的搭檔望月，我無可奉告。」白優聿雙手環抱。

「路克正和你的搭檔望月談著。」紫髮男子刻意強調搭檔二字，冷笑。「白優聿，沒想到像你這種人，竟然還有臉去找新搭檔。」

白優聿抿緊唇，冷冷瞅著對方。「說完廢話就滾，這裡不歡迎你。」

「哼，我聽說了亡魂禁錮的事，你確定你可以應付，不會再拖累搭檔？」

「你想說什麼？」一向來給人膽小印象的白優聿竟然揪過對方的衣襟。

紫髮男子搖頭，攤手。「我見過望月，他是一個不錯的人才，和你編成一組真是浪費他的才華。哼，他不知道你和米露費斯之間的事？」

「要是你再多話，我就對你不客氣。」白優聿冷厲地道，拳頭關節握得泛白。

「你現在有能力對我不客氣？還有，你以為只要我不說，米露費斯被你害死的事就沒人知——」

白優聿一咬牙，直接掄拳揮向對方的右頰。紫髮男子始料未及，往後踉蹌一步，嘴角沁出血絲。

「呵。」紫髮男子拭去嘴角的血絲，冷笑一聲，下一秒也沒見到他怎麼出手，白優聿被一股力量往後推去。

白優聿的背心重重撞上一張椅子，椅子發出咿呀的抗議聲，斷成兩截。他痛得龇牙咧嘴，一隻大手掐上他的咽喉，將他從地上提起推壓向牆壁。

「你以前不是很跩的嗎？不是很了不起的嗎？」紫髮男子冷哼。

「我的事……關你屁事！你以為你是誰啊？」白優聿打不過他，卻硬是不投降認輸。

「對極了。我才沒閒情理會你這個廢柴的事情！不過別說我沒有提醒你，這次總部派我和路克過來，你最好別扯咱們的後腿！」

不知為何，同樣的話出自望月的口中沒什麼感覺，但出自紫髮男子口中就讓他特別著惱！

「呸，像你這種終極大路痴不拖累別人就算了，還好意思叫人別扯你後腿？」

「廢柴！你是想找架幹嗎？」被刺中痛腳的紫髮男子大吼。

「我叫白優聿，不叫廢柴！你這個只會噴火的紫髮怪物！」要是換作平時，白優聿早就求饒。

但，現在的他勇敢得嚇人。因為這個男人是他的宿敵！

紫髮男子一聲咒罵，一拳擊向他的右頰。

臉上火辣般刺痛，白優聿的嘴角沁出血絲，他狠狠地瞪視對方，對方再次一拳擊過來，同時在他耳邊大吼。

「還手啊！為什麼不還手？你這個失去封印還害死搭檔的廢柴！」

他無法反駁，有些自暴自棄地停下了掙扎，也沒再理會紫髮男子的挑釁。對方咒罵一句，拳頭還是擊了過來，但沒有預期的痛楚。

一個人緊緊握住紫髮男子的手腕。

「喬，夠了！」那人喊著紫髮男子的名字，擋在白優聿面前。

白優聿因為熟悉的聲音而抬頭。眼前的男子有一頭烏亮飄逸的銀色長髮，黑色風衣裝扮，右手戴上皮質手套。

叫做喬的紫髮男子冷冷瞪了白優聿一眼，不甘心地縮回手。長髮男子轉身，俊美白皙的臉龐掠過愧疚。「聿，你還好吧？」

「呵，好極了。」白優聿沒有握住對方伸過來的手，扶著牆壁站起，拭去嘴角的血絲。

「路克，你對這種人客氣些什麼？」喬不忿大叫，登時被長髮男子一瞪。

「聿，抱歉。」長髮男子路克代替自己的搭檔道歉。

白優聿睨了二人一眼，水鏡空間的入口再次被開啟，這次進來的是望月。望月見到臉青鼻腫的他先是一怔，然後再看向神情各異的兩位前輩，不禁心生疑竇。

「大致上沒什麼問題了。我是來找回迷路的搭檔。」路克一笑打圓場，向望月和白優聿頷首。「聿，望月，我們先去處理任務的事。再見。」

喬還一臉不忿，路克揪過對方的後領，直接將對方帶走。白優聿跌坐在沙發上，寒著一張臉，揉著被打腫的臉頰。

「你搞什麼來？」望月理所當然地把他視為肇事者。

白優聿瞪對方一眼，站起走向廚房拿冰包。

「喂，白優聿！」望月跟了上去，一把扳過他的肩膀。

他隨手拂開，一股怒火油然而生。「不關你的事！」

「你和總部派來的前輩打架，這叫不關我的事？」望月冷冷看著他。

「我在你眼裡就是那種喜歡闖禍的人？沒錯，是我先開始動手，所以被他打成豬頭樣也是我自找的！」

白優聿滿腔的怒氣沒處可洩，對著望月怒吼。

望月被他吼得莫名，要不是看他的臉已經腫成這個樣子，望月還真的想多揍他幾拳。

白優聿不理會少年的瞪視，拿過冰包就來到客廳冰敷。

「你認識路克和喬？」望月想到了剛才路克和喬的表情。

白優聿不答，望月盯著他長達一分鐘，終於黑著一張臉走進房內。

四周再次剩下他一人。白優聿握住冰包，眼神變得黯然。

他討厭回到梅斐多城，討厭接觸任何總部來的人，因為……那總會提醒他過去有多真實，有多殘酷。

更甚的是，他討厭這樣的自己。

他斂眉，手下意識摸向原本封印存在的頸部，咬了咬牙。

陡地，一聲尖叫響起，聲音來源的方向正是他的房間。

——裡面的正是克萊兒！

「這……這是怎麼回事？」

洛菲琳從外面回來，第一眼就是見到克萊兒飄浮在半空，雙目緊閉，身體呈現半透明狀態。她嚇了一跳，忙不迭要上前，卻被白優聿拉住。

「別靠近。望月正在為克萊兒施加治療法陣。」

「治療法陣？」

那不是為了拯救靈魂受傷者而使用的咒言嗎？

洛菲琳緊張地想問，白優聿向她打個手勢。她跟上對方的腳步來到陽臺，確定不會干擾望月這才追問。

「克萊兒怎麼會受傷了？到底發生了什麼事情？咦，你的臉怎麼腫成這個樣子？」

白優聿選擇忽視最後一道問題，搖了搖頭。「一個小時前，克萊兒突然大喊出聲，我和望月發現她的時候，她已經變成這個樣子。」

「怎麼會……」洛菲琳難以置信地摀著嘴巴，擔憂地看向裡面的克萊兒。

亡魂呈現半透明且虛脫的狀態，通常會有兩個下場。一，是魂飛魄散，克萊兒的亡魂從此在世間消失，無法進入輪迴之門；二，就是亡魂產生變質，一旦變質就會變成惡靈。

以上任何一種情況都是值得讓人擔憂的。

「如果治療法陣無法讓克萊兒恢復原狀，那麼她……她會不會變成惡靈？」洛菲琳顯然更擔心這一點。

「放心，克萊兒不會有事。」白優聿能夠瞭解洛菲琳的憂慮，只能出聲安慰。

他們是引渡人，一旦克萊兒化為惡靈，他們唯一的選擇就是與她為敵。

裡面突然傳出一聲重物著地的聲音，二人連忙奔入，驚見望月跌坐在沙發邊緣，一手捂住額頭，臉色蒼白難看。

「望月！」

「發生什麼事情？」

望月搖了搖頭，推開白優聿的攙扶，逕自走到另一旁坐下。洛菲琳站在克萊兒面前，不知如何是好，轉身看向白優聿和望月。

「她最多可以支撐七十二個小時。」後者冷聲宣布。

白優聿一怔，看向克萊兒。他不難發現少女脖子上開始出現一大片暗灰色的鱗片。這是亡魂變質化成惡靈的前兆，只要鱗片布滿全身，亡魂就會完全變作惡靈。

也就是說克萊兒的變化將在七十二小時之後完成。

白優聿不禁黯然。亡魂一旦化作惡靈，就會失去自主意識，他們會被負面的意念影響，例如貪婪、仇恨、慾望等控制。他們為了這些負面意念而停留在世間，無法自制地作惡。

引渡他們就成了引渡人的職責。但這種引渡方式往往充滿了痛苦。

「我想聽一下你們的意見。」望月打斷白優聿的沉思，也喚回洛菲琳的注意。他冷靜地道：「我打算在她變成惡靈之前將她引渡。」

引渡人總部的守則有提到，只要亡魂身上出現變作惡靈的前兆，引渡人就有權力將未轉變成功的亡魂引渡。這是為了防止亡魂在成功轉型為惡靈之後來不及控制，殃及無辜的性命。

「你說什麼？」白優聿一驚。

「將克萊兒引渡。鱗片已經在她身上出現，七十二個小時之後就會化作惡靈。按照總部定下的規矩──」

「不行！」白優聿不等望月把話說完就激動反對。他雙手重重拍在桌上，發出一聲巨響。「克萊兒連自己是誰也不知道，她還有許多心願未完成，我們來這裡是幫她找出真相，不是將她引渡！」

一旦被引渡，克萊兒將放下世間的一切羈絆，她的身分、她的謎一切都解不開了！這樣對克萊兒來說，太殘忍！

「可是她現在就要變成惡靈！」望月比誰都清楚此趟任務的目的，如果可以，他也不想這麼做！

「她現在還不是惡靈！」

「你的意思是寧願看著她變成惡靈傷害人命，也不願意在她未危害人間的時候引渡她？」望月咬牙。

「不管如何，我不贊成！」白優聿無比堅持。

「一句不贊成就可以解決事情嗎？白優聿！」

「你將她引渡就可以解決事情？就可以查出亡魂禁錮的真相嗎？」

兩人爭吵得面紅耳赤，洛菲琳生氣地推開二人。「別吵了！這樣更加解決不了事情！」

望月雙手環抱轉過身去，白優聿深吸一口氣別過臉。局面陷入沉默，洛菲琳看了二人一眼，不再理會他們，走到克萊兒面前蹲下。

少女呈現半透明的身軀看起來十分虛弱，彷彿輕輕一碰就會碎成萬片，脖子上巴掌般大小的鱗片隱隱發光，顯得詭異而可怖。洛菲琳不忍，輕輕摸向對方的額頭，著手處不似一般亡魂的冰冷低溫，而是一片滾燙。

這都是亡魂轉化為惡靈的徵兆。

望月的治療陣法阻止不了克萊兒的轉變。現在除了提前引渡她之外，真的別無選擇。

但是一如白優聿所說，如果將克萊兒引渡，他們不但查不出亡魂禁錮的真相，克萊兒也不再有機會達成找回自己身分的心願。

洛菲琳在心中權衡著事情的輕重，好半晌才開口。「望月，我也不贊成引渡這個方案。」

白優聿一怔，不禁露出喜色。望月難以置信地看著她，重哼一聲。「妳的腦袋也壞掉了嗎？」

「不。聿說得有道理。我們還有三天的時間，如果我們再加倍努力，或許三天內我們可以查出真相，說不定也能阻止克萊兒轉變成惡靈。」

「哼。說得響亮，妳有十足的把握？」望月冷聲問著。

洛菲琳語塞，白優聿卻站在她身邊，一攬她的肩膀。「我支持洛菲琳的看法。」

「哼！」少年嗤之以鼻。

「你仔細想一想，為什麼克萊兒會在這個時候突然轉換為惡靈？如果我們在這個時候真的將克萊兒引渡，一切的線索就這樣斷了。這不就讓亡魂禁錮事件的幕後操縱者正中下懷嗎？」白優聿分析著。

望月挑眉，洛菲琳也是一怔。沒想到白優聿分析得頭頭是道。

他繼續分析。「自從進來海頓學園之後，我們遇上許多怪事。先是禁錮克萊兒亡魂的紅皮書無故出現在克羅恩小姐的房間，接下來是連子俊遭遇火靈殺害事件，我大膽推測有人在搞亂我們的視線，企圖分散我們的注意。」

這就好比身處迷宮。在你前面出現許多個分岔路線，你注意力被分散，無法分辨哪一個才是正確的出口。

眼前發生的許多謎團就如身處迷宮的情況一樣。太多的疑竇浮現，他們的注意力被分散，分析力變得薄弱，無法集中思考。

白優聿前後想了許久。如果引渡克萊兒是幕後操縱者的目的，他更加懷疑——

「說不定事情的關鍵就在於克萊兒的背景身分。」

洛菲琳聽出了端倪。「聿，你的意思是說有人不想讓我們查出克萊兒的背景身分，所以刻意讓她轉變成惡靈，好讓我們引渡她，讓她從此在人間消失？可是有人擁有這種力量嗎？」

「洛菲琳，妳可能並不知道，這個世界除了引渡人之外還有許多擁有不可思議力量的人。」

白優聿點頭，視線落在沉思的望月身上。「望月，你的意見？」他知道望月沉默的時候就代表對方在思考。

望月抬頭迎視，四目交接，彼此瞧見對方眸底的隱憂。

他們不約而同想起上次在伯爵府中遇見的奇怪少女——擁有巨大豬籠草當寵物的莉雅。

「但是查了這麼久，我們還查不出克萊兒的身分。你別忘了，克萊兒是失去記憶的亡魂，她說不定根本不是海頓學園的學生。」望月提出疑點。

「也對。我混入女僕交流會那麼久，也是一點也查不出。按理說，女僕交流會是專門收集小道消息的地方，應該很快會查出與克萊兒有關的消息。」洛菲琳聳肩。

「你不是同樣查不出克萊兒的事情嗎？」望月將問題拋回給他。

白優聿蹙眉。他的確查不出克萊兒的事情。不過望月的話提醒了他。「失去記憶的克萊兒說不定連自己名字也忘記了，克萊兒或許並不是她的真正名字。」

「對啊！可是我們……也不知道克萊兒真正的名字。」洛菲琳擊掌站起，但很快露出沮喪的表情。

望月瞅他一眼，白優聿壓著額際嘆息。

「我知道，這就是我們的瓶頸。」

三人再次陷入沉默，這份壓抑的沉默讓空氣變得阻滯。望月有些著惱地站起，走向陽臺。洛菲琳坐在一旁，暗自思忖。

白優聿的眼神落在克萊兒身上，看著她脖子上的鱗片開始蔓延到左頰，不禁嘆息。

陡地，昏睡中的克萊兒抽搐了一下，芳唇微啟，低低哼唱出一首歌。

——你告訴我，你會在風的盡頭守候；

輕輕的，我走向風的盡頭；

盡頭的你只是月下一抹樹影，飛奔的情感亂了心的節奏；

回憶的門扉再次打開，那份思念，只能對著月下樹影傾說；

我失去了當初的信心，能否告訴我，遠方盡頭的你如約在守候？

風悄悄帶來你的氣息，我害怕這是我的幻覺，卻不想放棄與你的承諾，

請你相信，我堅強走下去只為了，在盡頭守候的你……

簡單的旋律飄起，裡頭藏著痴狂執著的思念。輕輕的歌聲彷彿風的聲音，飄進他們的耳中，也飄進他們的心中。

白優聿斂眉，心有戚然。站在陽臺的望月也是背脊一僵，悄然握緊拳頭。洛菲琳啊的一聲站起，怔怔地看著克萊兒。

「洛菲琳？」白優聿伸手在她面前晃了一下。

洛菲琳突然捏緊白優聿的手臂，力道之大讓白優聿蹙眉低呼。「洛菲琳，妳幹什麼？」

「這是克羅恩小姐昏迷前寫的最後一首歌，〈月夜之情〉！」

「那和妳死捏我手臂不放有什麼關聯？」

「因為、因為這首歌克羅恩小姐從未公開表演過，懂得這首歌的人包括我在內，只有區區幾人！」

白優聿瞠目，還搞不清楚狀況。望月聞聲走進，追問。「除了妳，還有誰？」

「除了我，知道的人有克羅恩小姐的管家露娜，還有艾克斯和她本人。」

這一下白優聿總算聽明白了。「為什麼克萊兒會唱這首歌？」

難道是——

大家同時掠過一個想法。洛菲琳小心翼翼地分析。

「露娜小姐現在還為馬蘭家服務，她不可能會讓洩露她家小姐的作品。我從來沒哼過這首歌，艾克斯已經去世了，克羅恩本人昏迷不醒……」

「等一等。洛菲琳，妳怎麼知道這首歌是克羅恩從未公開的作品？」望月倏地打岔。

洛菲琳一怔，不禁猶豫了，她一直沒想他們提起她的身分。這一下想隱瞞也不行了。她低聲說著。「我祖父是海頓學園的理事長，和校長馬蘭是朋友的關係。我和克羅恩姐姐從未見過面，不算深交，但是她昏迷之後我曾經去探望過她一次，無意間和管家露娜一起發現她藏在抽屜中的這部作品……」

「妳祖父是海頓的理事長?!」

二人不約而同喊出這句話。白優聿是因為她富有到駭人程度的家世背景而驚訝；望月則因為她的身分極可能會造成許多不便而困擾。

「抱歉，我沒有一早通知你們，就是怕你們會把我當成什麼也不會的千金小姐，會瞧不起我。」洛菲琳一臉糾結地道。

望月冷哼，臉上寫明「妳根本就是什麼也不會的千金小姐」。

白優聿推望月一把，拉回正題。「所以洛菲琳妳的意思是除了這幾人之外，不可能有其他人知道這首歌？」

洛菲琳連忙點頭。他蹙眉，極快地想到一個可能性，在旁的望月也有同樣的看法。「除非克萊兒根本不是其他人。」

白優聿頷首。答案逐漸成形了，求證的方法只有一個。

「洛菲琳，麻煩妳解開克萊兒的衣服——」

四道驚詫的眼神掃視過來，望月鬆著腕骨大有揍他一頓的意思。他連忙揮手。「你們忘記了嗎？克羅恩小姐右胸靠近肩膀的部位有一塊胎記。」

洛菲琳頓時恍然大悟，連忙照做。望月揪過白優聿的衣領逼使對方轉身，等候洛菲琳的檢查。

好一下，望月開口。「洛菲琳，結果如何？」

洛菲琳低聲咕噥幾句，望月不耐煩地轉身，看見她一臉驚訝，已經猜到她的答案。

「真的是……克萊兒擁有和克羅恩姐姐同樣的胎記……」洛菲琳難以置信地看著克萊兒

的亡魂。

不，在這個時候不能再稱對方為「克萊兒」，而是該稱對方為「克羅恩」的亡魂。

「克萊兒。克羅恩。」望月反覆念著這兩個名字，挑高了眉望向白優聿。

「昏迷七年不醒的原因是因為亡魂被人強行禁錮……」後者握緊拳頭，望月見過他的這種表情。

這是白優聿認真起來的表情。

「望月，現在還打算引渡她嗎？」黑髮男子突然叫著他。

他冷哼，瞪對方一眼。「廢話。難道你不清楚我現在想的是什麼？」

白優聿嘴角微揚，但那抹笑容極快逸去。

望月轉向愣在一旁的洛菲琳。「洛菲琳，接下來由妳出手。」

「嗄？」洛菲琳一怔。

「是的，洛菲琳。」白優聿向她點頭。

「請帶我們去正式探望克羅恩．馬蘭。」

CH7

回憶與操控

海頓學園校長馬蘭先生正因為連子俊遭火靈殺害一案而寢食難安。突然間，管家露娜神色慌張地走進來報告，海頓學園理事長的孫女洛菲琳到訪，他嚇得連忙拋下手上的工作出去迎接。

理事長的孫女選擇在這個時候到訪，不多不少必是為了連子俊命案一事。

馬蘭對於這個操控著海頓學園整體經濟的理事長，向來都是保持恭敬有加的態度。這一次事發之後，他更是帶著戰戰兢兢的心情來到主廳接見理事長派來的代表。

當然，他並不知道洛菲琳並不是受祖父之命前來。

一到主廳，馬蘭臉上堆滿誠懇的笑容，可是這抹笑容在眼神接觸到洛菲琳身後站著的白優聿和望月，立時變得微僵。

「白同學，原來你和洛菲琳是熟識啊？」他認識白優聿，卻不認識望月，所以只是朝後者頷首示意。

「馬蘭叔叔，我來介紹。白同學是我剛認識的朋友，這位是望月，是白同學的……呃，家僕。」洛菲琳一邊介紹，馬蘭一邊微笑著和他們握手。

等她介紹完畢，馬蘭吩咐管家露娜去準備茶和點心。「洛菲琳，自從妳轉校之後，我就沒有再聽過妳的消息了，近來過得可好？理事長他老人家也還好嗎？」

「我過得很好。祖父的身體狀況也還不錯。謝謝馬蘭叔叔的關心。」洛菲琳客氣地回話。

「我今天帶朋友來是想探望一下克羅恩姐姐。」

「探望克羅恩？」馬蘭沒想到她會提出這個請求，猶豫了一下，看向白優聿和望月。

「是這樣的。白同學在米蘭度城認識一位出色的醫生朋友。那位醫生朋友要他先過來探望一下克羅恩姐姐，確定一下她的病情，不久之後對方就會隨著白同學過來一趟。」洛菲琳說起謊話來絲毫不眨眼。

馬蘭驚訝地站起，臉上的表情盡是感激。「真的嗎？」

白優聿趁機點頭附和。「是的。我的朋友是米蘭度城內首屈一指的名醫，他要我過來先瞭解一下克羅恩小姐的情況。至於克羅恩小姐的事情，我是從洛菲琳那裡得知。」

「那真是太好了！洛菲琳，我感謝妳的幫助！」一提到愛女的病情可能有轉機，馬蘭暫時拋下了眼前的煩惱，感激地握住洛菲琳的手。

「不客氣。」洛菲琳眨眨眼睛，著實有些心虛。

「這樣吧，我現在就帶你們去——」

「老爺。」

正要帶著他們上樓的馬蘭被管家露娜喚住，只見高雅的女士在他耳邊低語幾句，馬蘭的臉色稍變，似乎聽到什麼吃驚之事。

白優聿和望月不約而同對望一眼，都看清楚彼此眸底的疑惑。

「洛菲琳，白同學。真是不好意思，今天下午三點有一位神職人員會過來為克羅恩祈禱。所以，要是你們方便的話，可以明天再來嗎？」馬蘭說得牽強，顯然拒絕他們的原因不單純。

「不知是哪個教堂的神職人員？」望月試探著。

「呃，是聖彼特教堂。」

望月不再說話，白優聿接口。「洛菲琳，既然如此，我們先回去，明天再來探望克羅恩小姐。」

洛菲琳嗯了一聲，代表向馬蘭告別。三人在管家露娜的相送之下出了大門。

「真的回去嗎？」洛菲琳問著。連她也察覺到馬蘭叔叔的異樣。

「神職人員？哼。」望月冷笑，他對那個讓馬蘭驚惶失措的「神職人員」深感興趣。

「洛菲琳，妳先回去查一下聖彼特教堂的神職人員名單，看有哪一位是前來海頓學園為克羅恩小姐祈禱的。」白優聿逕自吩咐著。

「那你們呢？」洛菲琳微訝。聽起來他們好像另有打算？

「我們兩個去好好看一看神職人員到底長什麼樣子。」白優聿嘻嘻一笑，攬過望月的肩膀，登時被後者瞪住。

洛菲琳頷首，轉身就走。

「我有答應拎著你這件包袱去查人底細？」望月凍死人的眼神掃視過來。

「喂，我明明就很有用處，哪一點像是累贅？」

「沒一點。」望月冷冷地打量他，直接冷哼。「沒一點不像。」

「我最『喜歡』你這一點，該死的夠坦白。」白優聿咬牙，攬緊少年的肩膀。

金髮少年後肘一撞，他唉呼一聲，對方已經大步走向圍牆的左側，揮手。「不跟上來就自己想辦法翻牆。」

死望月！他低咒一聲，嘴裡卻低呼。「等等我！」

費了不少力氣攀上圍牆，最終成功翻牆而過的白優聿粗喘著氣。站都還沒站穩腳步，前面的望月一把揪過他的衣襟，拉著他躲入草叢中。

「噓。」正要抱怨的他被望月一瞪，示意他瞧向大門。

一個穿著黑色長袍的黑髮男子走了進來。那是大陸上神父的典型裝扮。

但怪異的是，薄薄的面紗遮去他的樣貌，只露出一雙褐眸。

管家露娜早在門口迎接，引領對方進入屋內。望月向他比個手勢，他登時會意，躡手躡腳跟著望月走向後門，比前門進入的二人更早一步溜進屋內，旋即溜上樓。

基於上次的經驗，望月率先解開封印，讓冥銀之蝶解除了門口設下的綠火結界。白優聿低聲說了句「望月真有做小偷的潛質」，登時接收到少年的瞪視。

解除綠火結界的同時，樓下不斷傳來馬蘭和神父的交談。與其說是交談，倒不如說是馬蘭的獨角戲，因為馬蘭不斷說著恭維客氣的說話，神父只是偶爾嗯了一聲。

這一下讓二人有了充分的時間混入克羅恩的臥室。

找到一個藏身的地方，望月在自己和白優聿身周設下水鏡空間，讓外人不易察覺到他們的存在。半晌之後，馬蘭親自帶著神父進入克羅恩的臥室。

「我真的沒有告訴其他人。舊校舍那邊會有人闖入，我也很意外。」一踏入臥室，馬蘭有些緊張地澄清。

白優聿和望月不禁一驚，舊校舍？就是火靈出現、連子俊遇害的地方！

「把你應該做的都做好。不然，『他』生氣起來，我也幫不到你。」回話的黑髮神父語調平板，彷彿是一部機器發出的聲音。

「我知道、我知道，我一定會加強保安，不讓任何人進入。」馬蘭連連答應，還不忘拭去額頭的汗珠。

神父不再說話，打開隨身的黑色皮包，不知在找些什麼。

馬蘭不斷拭汗，神父從皮包抽出一支針筒，為昏迷的克羅恩注射綠色的液體。白優聿看得瞠目，望月同樣震驚不已。

神父不是為克羅恩祈禱，而是為她注射奇怪的藥物?!

「這個……剛才我的一位前學生帶了朋友過來，打算為克羅恩介紹一位新醫生，我想說這樣也好，所以就答應他們明天再過來……」馬蘭猶豫了許久終於說出口。

「不行。」

「可是他或許會將我女兒救醒過來！」

啪的一聲，神父揪過馬蘭，馬蘭驚惶之下踢翻了一旁的凳子。對方冷冷瞪著他。「這不是我們當初的約定。要是他們發現了什麼，不單止是你和克羅恩，海頓裡面的人無一倖免。

這就是『他』的脾氣，難道你想惹怒他嗎？」

馬蘭張大嘴巴，連連吸氣說不出話來。對方鬆手，他跌坐在地，抱頭懊悔低吼。「我、我只是不想再讓克羅恩受苦！我要她醒過來，好像以前那樣……」

「你放心。只要『他』達成了目的，你的女兒就會醒轉過來。這是你當初允諾的交易。再說，我每半個月過來幫她注射保存肉體的藥物，她這七年來不還是保存得很好嗎？」神父收好針筒，眼神落在窗帘的方向。

「我不該答應你們的……是我的無知害了我的女兒……」馬蘭跌坐在地低喃。

神父冷哼，邁步朝白優聿和望月的藏身之處走來。望月悄然收拳，隨時準備攻擊。

躲在窗帘背後還設下水鏡空間的白優聿，迎上那雙褐眸，不禁全身一震。

「原來有兩位客人來了。」神父的語調不再平板，而是——

輕柔、略沉，伴隨著風聲輕輕飄入耳中，像是母親的手撫上了自己的臉頰。

很輕、很暖，感覺很熟悉……雙眸變得異常沉重，全身上下暖烘烘的，白優聿晃了一下，閉上了眼睛。

「真是個乖孩子。」

溫暖的雙手撫上他的臉頰，珍惜地捧住他的臉蛋。暖意包圍了白優聿，他信任地讓自己往前靠去，重溫著回憶中熟悉的暖意……

這是母親的懷抱。

他已經有多久未嘗試過這種讓人信任的溫暖了？

腦海裡的景物不斷倒退，他彷彿看到了那年的第一場大雪。躲在破爛小木屋內的自己，蜷縮起來，努力爭取一絲絲的暖意。

雪，下得很大，到處一片白茫茫。他不知道自己可以堅持多久，只知道手腳逐漸僵冷，意識一點一點抽離之際，有一雙雪白的手臂伸了過來，將他拉入溫暖的懷抱裡。

一如此刻的溫暖懷抱。

白優聿的記憶倏然變得清晰無比。他看到了那個懷抱的主人，是一位和善美麗的貴婦，貴婦身邊跟了一個年紀比他大的女孩，眨著明亮的眼睛，好奇地看著他。

「一個美麗的東方男孩。」這是女孩在初相遇的那一刻給他的第一句話。

一個很美麗的西方女孩，這是他當時在心底對自己說的話。

當時他並不知道自己和這個美麗的女孩以後將有許多交集。他在那一個雪夜被女孩的母親好心地收養了，在一夕之間有了渴望已久的父親、母親，還有一個姐姐。

不過他和她自小就不對盤。每一次他都被她制得死死的，但也因為她，他在短短兩年內考上執牌引渡人，同年內成為她的搭檔。

「笨頭笨腦，什麼也不會，怎麼做我的搭檔？」她常常拍他的頭玩鬧笑罵。

「做妳的拍檔算我倒楣，老女人！」年少輕狂的他老是這麼反駁。

那段日子過得很快，直到那一天，那一天……

痛，像是決堤的洪水，淹沒了他。

她好比一隻被頑童扯破的美麗娃娃，渾身浴血倒在地上。

接著，他看著自己雙手沾滿的鮮血，都是她的。

都是……她的。

他瘋狂叫喊她的名字，瘋狂卻戰兢地抱起她。她躺在他懷裡，眼神攙雜痛苦和欣慰，努力在他耳畔旁說著——

「白優聿！」

一聲突如其來的大吼讓白優聿瞬間回神睜開眼睛，來不及反應就被一股超大的力道撞得往後跌去。

「唔——」他的腰骨快要摔斷了！

但，極快的，他聽到望月大喝一聲，徒手握緊一根細長銀白色的長矛。

鮮血，濺灑在地上。白優聿瞠目，這才醒覺剛才要不是望月將他撞開，那根長矛此刻已經在他身上穿透而過！

「十字聖痕，光之束縛！」破空劃來一根泛著金色光芒的繩索，迅速纏上那根長矛。

他知道自己此刻的靈力無法阻止對方的攻擊。但，他僅是要為望月製造一瞬間的空隙！

果然，望月和他的心意一致，長矛被光之束縛拖得一緩，望月的冥銀之蝶舞動，纏上了躲在暗處的暗影。

長矛一揮，光繩登時迸斷，長矛瞬間回攏，半數的冥銀之蝶被長矛帶來的勁風劃破、隕落。但這麼一來，對方倒也沒再攻擊，彷彿在靜候著什麼。

「望月！」白優聿衝過去拉起跌在地上的夥伴。

「該死！你剛才發什麼呆啊？那麼想死我送你一程好了！」望月揪過他怒吼。

白優聿看著身上血跡斑斑的望月，立刻內疚起來。不過按照少年此刻的殺氣騰騰看來，望月應該沒什麼大礙。

只是——

「剛才發生什麼事？」白優聿一臉困擾，他只記得自己和望月躲在克羅恩臥室的窗帘背後，然後可疑的神職人員朝他們走來，接下來就……

等等！這裡是——

「這裡是舊校舍?!」他登時驚呼。

望月瞇起眼睛。白優聿似乎完全記不起剛才發生的事情。但他可沒有忘記自己剛才有多憂慮。

他看著白優聿走向神職人員，眼神空洞地跟隨對方躍下陽臺。他奮力追趕、叫喊，白優聿一點反應也沒有，直到追來海頓學園南面的廢置校舍，他一進到內就發現白優聿杵在原地，完全不理會疾刺向面門的長矛……

「沒想到在我的絕對催眠之下，你還可以轉醒。」躲在暗處的神職人員走出來，那雙褐眸盛滿玩味的笑意。

絕對催眠？白優聿一訝，剛才不斷浮掠的回憶其實是對方的催眠法？

「你到底是誰？」望月感覺不到對方身上的惡靈氣息。但是一股極為邪惡的晦暗氣息圍繞著對方，這熟悉的感覺讓他想起一個人。

上次在艾特伯爵府中遇上的豬籠草少女，莉雅。

「啊啊，我竟然忘記了介紹我自己。兩位好，我叫青佐，這是我的武器，黑剛。」對方揮舞著手中銀白色的長矛。

說完之後，青佐嘿的一聲冷笑。「當然，黑剛這個名字裡頭的黑並不代表武器的顏色，而是代表它的特殊能力。」

「我沒興趣知道。」望月咬緊牙關，額頭沁出冷汗。

「是嗎？這樣一來你會很吃虧喔。特別是在你……承受了黑剛的能力之後。」青佐特別強調。

白優聿瞠目，望月突然咚的一聲單膝跪下，牙關咬得格格作響，血肉模糊的雙掌變得麻痺，這股麻痺甚至開始蔓延至全身。

「別擔心，他不會就這樣死去，黑剛的能力是掠奪和催眠。黑剛矛頭上的毒素——黑，透過血液侵入人體的中樞神經並進行操控。中毒者首先會全身麻痺，等到麻痺過後，受傷部位的自我控制意識就會被『黑』隔絕，轉由『黑』控制。換言之，他的雙手現在直接受到我的操控。」青佐輕描淡寫地揮手，眼神落在驚措的白優聿身上。

「這個能力似曾相識吧？」

對方的褐眸盛滿惡質和玩味。

「黑」這種毒素會直接掠奪中毒者受傷部位的控制……

自我意識被掠奪，遭到他人的控制……

這個能力！這個能力是——

白優聿猛地大吼一聲，朝青佐衝去。正陷入全身麻痺狀況的望月想上前阻攔卻力不從心，驚訝瞠目看著白優聿送死般衝去——

「白笨蛋！回來！」

「十字聖痕，疾雷！」

一道凌厲的白光閃過，化作疾雷劈向站在原地的青佐。對方好整以暇地揮動黑剛，將看起來凌厲、實則不堪一擊的雷電擋下，譏諷一笑。「果然很弱。」

白優聿發了狠，嘴裡狂叫著不知是什麼的咒言，連望月也聽不清楚。

青佐輕描淡寫地揮去他施下的攻擊咒言，還刻意將其中幾個反擊在對方身上。白優聿閃避不及，被其中一個疾雷咒言反擊命中，整個人往後飛甩而去。

「白優聿！」望月急喊，奈何全身麻痺僵硬的自己根本救不了對方。

好在白優聿此刻的靈力本弱，施展的攻擊咒言也沒什麼殺傷力，黑髮男子咬牙挺起，像一隻發瘋的公牛再次衝上。

青佐嗤的一聲冷笑，手一揮。一股無形大力壓了上來，白優聿再次飛甩向後。

「唔！」隨即，大腳踹了上來，重重踏上他的肚腹。

「白優聿，『那位大人』口中百年難得一見的天才引渡人。現在看起來，你是百年難得一見的廢柴吧？」青佐邊說，腳下邊用力，就是不讓他有機會翻身。

白優聿大吼一聲，雙手捉緊對方的小腿，猛地張口一咬。

對方又驚又痛之下縮回腳，長矛毫不留情往他面門刺下，他在危急之間側身閃過，長矛落空，卻被對方抬腿一踹，飛身撞向牆壁。

「死瘋狗！」青佐看到自己袍上滲出的血絲，更是氣紅了眼，挺著長矛就往白優聿身上刺落。

劇痛襲來，肩膀被一股力道重重一撞，尖銳的矛頭刺了進來。

伴隨著窒息的痛楚湧上，血腥的氣息漫開，白優聿右手死命握緊長矛，左邊肩膀已經被鮮血染濕。

「放心，我的黑剛不稀罕操控你這隻瘋狗——」

「十字聖痕，紛揚爆破！」

白優聿毫無預警地一吼，近距離的攻擊再弱也足以造成傷害。始料未及的青佐被這記紛揚爆破炸得面紗碎開，露出一張清俊的東方臉孔。

「白優聿！」

望月從來沒見過如此瘋狂攻擊的白優聿，更驚的是青佐接下來的動作。

長矛轉動，青佐硬生生抽出長矛，手背拭去額角的鮮血，微咬牙。「沒想到廢柴也有幾分本事。哼。」

白優聿看著那張熟悉的東方臉孔，不禁瞠目，逸出走調的驚呼。

「……連子俊?!」

對方冷哼，倒過長矛，重重掃向他的腰間。他往旁飛跌出去，痛楚瘋狂襲來，呼吸頓時窒止，腦袋卻無比清晰起來。

他從連子俊口中得知艾克斯的事，連子俊後來遭到火靈殺害身亡，克羅恩被注射保存身體的藥物，他和望月被可疑的神職人員攻擊……

到最後自稱青佐的神父竟然是連子俊！

一切都是被人暗中安排！

他們看似循著線索查明真相，但其實每一個線索都是由幕後操縱者布下，幕後操縱者一步步引領他和望月走入這個困局！

這麼一想，這個困局……極有可能是死局！

白優聿掙扎站起，奮力朝望月的方向衝去。青佐冷笑著，手一揚，本是全身僵硬的望月倏地動了。

在白優聿衝上來的同時動了。

然後，在來人還來不及反應之下，望月的雙手掐上他的脖子。

「……望、望月？」

脖子被掐緊，呼吸變得更是困難，白優聿艱難開口叫著對方的名字。

望月雙手使勁，臉上卻露出極度掙扎的表情，身體拚命往後挪開，極力要拉開距離。

只是，那雙手始終緊緊掐住白優聿的脖子。

「走！快走！」望月大喝催促，他根本控制不了自己的雙手！

白優聿用力扳動他的手，劇烈咳嗽，張大嘴巴喘氣。

「沒用的，被『黑』控制的部位不受傷勢的影響，除非是我倒下，不然你的搭檔永遠都會受我的控制。」冒名為連子俊的青佐冷笑。

白優聿伸出舌頭翻白眼，臉色逐漸轉為青紫色。

「該死！快放手！」望月使勁力氣逼使自己鬆開手，卻發現自己的指甲深深陷入白優聿的皮肉，白優聿的脖子上出現一道紅腫的掐痕。

白優聿的力氣逐漸減弱，缺氧的狀況讓他整個人一晃，幾乎就要倒下。

望月大驚。「冥銀之蝶！」

冥銀之蝶受到主人的召喚飛湧上前，望月使用意識操控，冥銀之蝶卻沒有按照他的意識指使纏上自己的雙臂。他又驚又急，青佐哈哈大笑出聲。

「封印力量幻化成的武器絕對不會反噬主人這個道理，你不是不知道吧？你的冥銀之蝶是你封印的力量，牠又怎麼會攻擊自己的主人？安分一點，好好享受白優聿臨終的一幕。」

望月咬牙，白優聿的意識逐漸模糊，對方身上的血跡和他的血跡一起滴落在地，染成遍地刺目的腥紅……等等！他的血——

「白優聿，喝我的血！快點！」靈光一閃，他想到他的鮮血可以開啟白優聿隱藏的封印！

青佐先是驚訝隨即哈哈大笑，似乎聽到不可思議的笑話。

望月沒有時間去理會對方的大笑，只是用盡全身力量大吼。「白優聿！快！」

意識逐漸模糊的白優聿看著焦急大吼的望月。身上的力氣一點一滴抽盡，痛楚反而變得不再清晰了，就連聽覺也不太敏銳，他只隱約聽到望月急吼要他喝自己的血……

不可以的。

他心底響起一把制止的聲音。這把聲音竟然清晰無比，喝下望月的血，他身上隱藏的封印就會解開。封印一解開，他就可以反擊，也可以掙脫望月的牽制。

但是、但是這樣一來……就和當年的情況一樣！

當年的臻同樣意識受到操控，當年的他同樣因為生命受到威脅而被逼對臻出手！

當年的臻就和現在的望月一樣！

不可以、不可以、不可以。

——他不可以解開會害死人的封印！

「不……不要……」白優聿逸出虛弱的呻吟，眼前望月的身影和臻的身影重疊，他彷彿看到當年臻是如何痛苦如何掙扎。

「白優聿，你想死嗎？」望月氣得快要噴血。

「不要……不要妳死……不要……」意識模糊了，他看到的不再是望月，而是臻。

望月瞠目，青佐冷笑，下一秒冷聲宣布：「掐死他吧！」

雙手的力道頓時加重，望月大叫起來，白優聿的咽喉傳出骨頭幾乎折斷的可怕聲音。

驀地，青佐驚呼起來，望月則被一股力量往後拉開，筆直撞向牆壁。

白優聿應聲倒地，劇烈咳嗽起來。望月無法站起，痛苦之下看到了不知何時出現的一個男子。

男子，穿著灰色風衣，鼻梁上架了一副墨鏡，皮膚異常白皙，彷彿許久沒接觸過太陽的膚色。

原本站在一旁的青佐頹然跌撞去牆角，正緩緩扶著牆壁站起。青佐拭去嘴角的血跡，臉上的囂張傲氣蕩然無存，有些驚懼地朝灰色風衣男子躬身。

「……琰大人。」

男子沒有理會望月的震驚和狐疑，轉身冷冷開口：「我記得我沒有吩咐你殺死他。」

「我知錯，下次不敢了。」

「要是還有下次——」

話到一半，悄然無聲掩至的冥銀之蝶圍繞上灰色風衣男子。男子挑眉，回首看向望月的同時揚起右手。

沒有聽到對方嘴裡逸出什麼咒言，一團藍色的火焰瞬間將攻擊的冥銀之蝶燒成灰燼。

男子嘴角微揚，卻是說著陰狠的話。「——就算那位大人願意饒你，我都不會饒了你。」

青佐全身一震，戰戰兢兢應是。

望月怔住。他從來沒有見過有人可以如此輕鬆化解他的冥銀之蝶攻擊……

「按照原訂計畫辦事。」男子眼角也沒瞄向望月和白優聿，轉身就走。

「是。」

「站住！你到底是——」望月話未說完，只覺眼前一團黑氣湧上，腦中一片暈眩，身邊的白優聿咚的一聲往前撲倒。他也支持不住，失去意識。

「閉嘴！能夠活著是你們的榮幸。」青佐狠狠踢了他一腳，手中的小玻璃瓶正溢出強烈嗆鼻的迷幻藥。「下次你和他都不會那麼幸運。」

接著，青佐低聲念著咒言，一團黑霧再次湧竄，包圍昏迷的二人，直接將他們帶走。

CH8 神祕人的目的

白優聿是在一場惡夢中驚醒過來。

「啊！」

他睜開眼睛，第一個想法就是痛，全身上下的骨頭似要散開，肩膀的傷口更是痛得他齜牙咧嘴。

但，他極快想起剛才夢見望月和臻一樣死在他面前的惡夢，這讓他顧不得痛楚，掙扎站起並大叫。「望月——」

「吵死了，我在這裡。」

四周的光線微弱，他依稀見到一抹身影坐在他的不遠處。他鬆了一口氣，就要說話的同時，眼前陡地亮了起來。

倏然湧現的光線讓二人不約而同閉上眼睛。等到他們逐漸適應光線睜開眼睛，霎時間，他們愣住了。

書……書海?!

由右至左，由上至下，呈現在他們面前滿滿的是書本。這些書本整齊地成列在書櫃上，望月甚至可以嗅出書本特有的墨香。按照眼前的情況看來，他們所在的地方是……圖書館?!

「噢，你們醒了。」一聲招呼，二人立刻戒備地擺好架勢。

定睛一看，坐在一旁的男子站了起來，正是之前的灰色風衣男子。他依舊架著一副墨鏡，嘴角噙著陰冷笑意。

「我等你們很久了。」

「冥銀之蝶——」

「慢著。」

正要攻擊的望月被對方冷聲喝止，不禁咬牙，對方攤開手。「我的本意並不是要和你們結為敵人。」

「你到底是誰？」白優聿喝問。

「我的名字叫琰。」對方優雅地伸出手。「很榮幸與你們見面。」

「我會蠢到和你握手嗎？哼！」

琰縮回手，聳肩。「無妨。雖然我們不是朋友，但也不是敵人。」

「指使青佐暗中進行這一切的你，早就是我們的敵人。」望月冷聲說著，他的冥銀之蝶並沒有鬆懈下來。

琰一笑。「但我也阻止他殺害你們，不是嗎？」

「廢話少說，讓開！」望月絲毫不買帳。

「別急，你們要找的人和書，都好好地待在這裡。」對方擊掌，青佐走了進來，身邊押著一個俏麗女生，正是洛菲琳。

「洛菲琳！」二人同時大叫。

洛菲琳雙手被捆綁在身後，嘴裡塞了布條，焦急地發出嗚嗚聲，不過看起來應該沒有受傷。

「克羅恩的亡魂已經重新禁錮在書中了，琰大人。」青佐恭謹地遞上紅皮書。

「你們……怎麼能夠碰觸到那本書？」白優聿驚問。

「原因很簡單，因為我們就是那個把亡魂克羅恩禁錮在裡面的人。」琰毫不隱瞞地解答。

白優聿和洛菲琳訝異的看著名為琰的男人，另一方驚訝程度不亞於另外兩人的望月咬牙說著：「禁錮亡魂，讓亡魂無法進入輪迴之門。這是違反自然規律的一級大罪。」

「違反自然？我問你，什麼是自然？」琰冷笑。「你們肉眼所見的，是自然、是真實？還是你們肉眼無法看見的，才是自然和真實？」

白優聿和望月一怔，聽著對方繼續說著：「這個世界上被稱為自然的東西，並不是一早就存在。人類，把見慣的、思想的和無法解釋的稱為自然，就好像冬天下雪是自然，水往低處流，這也是自然。至於那些人類無法接受、鮮少出現的例子就被他們歸類為不自然。」

對方頓了一下，帶著輕蔑的笑意看向他倆。「所謂的自然規律，只不過是人類為見慣的而且無法解釋的事物定下的名稱。逐漸的，這成為了你們口中的真理。真理能夠成為真理，那是因為它經過歲月的洗禮之後仍舊無人能夠將它撼倒。一如你們口中所說的，亡魂進入輪迴之門這個『真理』。」

「無人能夠推翻的論點就是真理，難道你自認為可以推翻嗎？」白優聿駁斥。

對方簡直是在說鬼話！

「只要那位大人出現，這些被你們敬為真理的廢話就會被推翻。」琰說得無比篤定。

那位大人！又是那位大人！

「那位大人到底是什麼東西？」望月忍不住喝問。

琰睇起眼睛，在旁的青佐憤怒一吼，就要上前的同時被對方揚手制止。「你們很快就知道了。在這之前，你們先慢慢享受青佐為你們準備的驚喜。」

驚喜？望月和白優聿同時感到不妥。

青佐冷笑著，洛菲琳腳下突然出現一個光圈，光圈內延伸出無數的細小蔓藤，極快纏上洛菲琳的身體，迅速將洛菲琳往下拉去！

「洛菲琳——」白優聿大吼，望月連忙摧動冥銀之蝶攻擊，但還是遲了一步，洛菲琳咻的一聲完全失去蹤影。

「你們的同伴現在和克羅恩一樣。不，有些不一樣的。」青佐冷笑，眼神在驚措的二人身上掃視過。「克羅恩是亡魂被禁錮，你們的同伴是身體連著魂魄一起被禁錮在書中。海頓學園圖書館共有三萬七千本書，其中一本裡面就藏了你們的同伴。只要你們在十五分鐘內找出她，咒言就可以解開。反之，她永遠都會被囚禁在書中。」

白優聿驚駭瞠目，望月咬牙握拳，琰卻在此時手一揮，半空浮現一個畫面。

「這是——」二人同時驚呼起來。

畫面內映現出昏迷的克羅恩，馬蘭先生一臉驚駭跪倒在地，出現在克羅恩床沿的是一個俏麗少女。仔細一看，白優聿和望月同時啊了一聲，這個美少女正是當日在艾特伯爵府中遇上的少女——莉雅！

他們竟然和莉雅是同一夥的！

「我們的儀式就快開始了。在這裡我代表那位大人對你們附上深深的感激，感謝你們把克羅恩的亡魂帶來，青佐，動身吧。」琰轉身，青佐恭謹應是跟上。

「等一下，那是什麼儀式？」白優聿大叫。

「如果你們來得及參與的話，我會讓你們知道的。」

「該死！冥銀之蝶——」

冥銀之蝶飛舞掠前，卻在離對方一尺之前盡數化為灰燼。望月瞠目，對方冷笑。「忘了提醒你們，海頓圖書館的架構非常有趣，能不能夠活著離開就要看你們的本事。說不定你們根本沒機會阻止我們。」

「你給老子回來，戴墨鏡裝酷的混蛋——」憤怒的白優聿開始粗話大暴走。

望月一咬牙，回身望向這三萬多冊的書本，現在不僅要及時救出洛菲琳，他們還要及時趕到阻止那場聽起來就覺得陰謀十足的古怪儀式——

驀地，藍眸圓瞠，望月一把揪過不斷喊話爆粗的白優聿。

「別阻止我發洩，我還沒有罵夠——」

望月乾脆按下白優聿的頭，讓他直接盯著地板，然後一吼。「笨蛋，你看到了嗎？」

白優聿倒抽口氣，腦海掠過琰剛才說過的話，他總算明白對方的意思了！

圖書館的地板上泛起無數細小光芒。這些細小光芒逐漸連貫，繪出一個複雜又壯觀的圖騰。

兩個人頭馬身的巨像分立左右，中間是一個倒立的三角形。三角形中心有一個眼睛，光芒逐漸往眼睛的瞳孔凝聚，他們的呼吸也旋即屏住。

下一秒，轟的一聲，凝聚的光芒驀地朝上衝去——

◐

◐

◐

啪喇——

圖書館的琉璃屋瓦被沖力擊得粉碎，二人反應極快躲入桌底，只聽得爆裂聲不絕，破碎的琉璃像是雨點般落下，砸爛不少椅子。

「我……我的天啊……」白優聿從桌底下爬出來，瞠目結舌看著眼前的奇觀。

望月同樣瞠目，重重地嚥了嚥口水。

凝聚的光芒沖破圖書館的琉璃屋瓦，直衝向天空。光芒像是瞬間凝結的冰雪，結成了一個看起來像是從天而降的光柱。

光柱剛好包圍了整座圖書館，白優聿和望月同時被困在光柱內。

地面上的兩個人頭馬身巨像中間的眼睛，像是有生命力般，倏然眨了一下，白優聿倒抽一口氣往後踉蹌一步，撞上身後的望月。

「找死嗎？」望月在這種危急情況下都會變得特別暴躁。

「死修蕾，這次被妳害死了……」白優聿低喃起來。

「你幹嘛咒罵修蕾大人？」望月揪過他大吼。

「那個死不男不女的分明就知道這裡有古怪還要派我們來這裡，我不止要咒罵她，我還要殺——」

「殺你的頭！現在最重要是救洛菲琳、阻止那場儀式！」

「屁話！你不是不知道這是什麼！你以為我們可以逃得出去嗎？」

憤怒的咆哮此起彼落，二人分別揪起對方的衣襟大吼，直到二人同時將眼神投射向地面的圖騰，他們才鬆開手勁，彼此後退一步。

「好，現在不是吵架的時候。你知道這是什麼對不？」白優聿強自冷靜，舉起雙手。望月也冷靜下來，現在的確不是爭吵的時候。

「這是尼瑙之眼。在引渡人歷史大全中有記載，尼瑙之眼屬於古老法陣的一種，來由不詳，早在大陸形成的時候就存在。由於尼瑙之眼只會在特定的地方出現，而且會完全隔絕外面的世界，是最神祕的自然現象。尼瑙之眼一旦啟動，沒人可以活著出去。」

望月流利地背出書上的記載，白優聿忍不住咬牙。「該死！我們難道不可以活著出去？」

被困在尼瑙之眼設下的隔絕空間內，即使外人知道他們受困，外人同樣無法將他們救出！這就是琰和青佐的陰謀！

白優聿嘴裡不斷咒罵著，腦海卻驀地掠過一個想法。

如果琰和青佐存心要拿他們的命，一開始就有許多機會。對方更可以在他們二人昏迷的時候下手。但是他們巧合地被安置在海頓的圖書館，更巧合地被困在尼瑙之眼之中？

難道這背後有什麼陰謀？

「尼瑙之眼的作用是鎮壓和守護。它是有靈性的古老法陣，會選擇在海頓出現定是因為它感應到這裡有它必須守護的東西……」白優聿的咒罵變成低喃，蹙緊眉頭思忖。

「你還廢話什麼？先找出洛菲琳，不然她就沒命了！」望月一把揪過他，將他推去左側的書櫃前。

白優聿睨少年一眼，對方已經開始一本接一本書搜尋。他一吸氣，同樣快速翻掀書本。書本紛紛掀開落下，時間越來越緊逼，但是他們搜尋的範圍不到書本總量的千分之一，這樣下去肯定來不及了。

這不是辦法。他一定要想過另外一個辦法。白優聿停下翻書的動作，走到中間的位置躍上桌子，眺望著這片書海。

「白優聿，你搞什麼？」望月惱怒吼向停下動作的他。

「噓。聽我說。」白優聿已經想到一個辦法，雖然不知道管不管用，但他決定放手一搏。「我十三歲開始獵豔，到十五歲的時候就追求過四十八位不同品味不同性格的美眉——」

「你去死！說這些有屁用——」望月再也忍不住火山爆發，一拳掄過來。

白優聿雙手牢牢握緊少年的拳頭，冷厲一喝。

「先聽我說！每一個女生身上都有不同的氣味，她們的香氣是獨特的，我可以用嗅覺分辨出她們的不同！」

「香氣……嗅出她們……」望月愣愣地看著自信滿滿的黑髮男子。

他記起白爛人上次單憑嗅覺就察覺出飲品被人施下「濁之蟲」一事。

但他沒聽說有人可以單憑人體的香氣嗅出人的所在！

「對！我們這樣找下去不是辦法，唯一的方法或許就是利用嗅覺分辨出洛菲琳的所在！」這就是白優聿想說的重點。

望月目瞪口呆，一副不可思議的表情。這樣……也行嗎？

白優聿不理會他，站在桌子上伸出雙臂，閉上眼睛的同時深吸一口氣。

望月抬首看了一眼壁上的時鐘。時間還剩下三分三十秒，他不禁咬牙握拳。

如今他只好相信白優聿的這個方法管用。

白優聿吸氣，努力分辨空氣中的氣味。這裡有書紙的墨香味，有他和望月身上的血腥味，也有汗臭味，更有屋瓦塌下之後塵土飛揚的氣味，但這不是他要找的氣味。

洛菲琳的氣味……他應該很熟悉才對。雖然和洛菲琳相處時間不長，不過他對嗅覺的記憶向來敏銳。

洛菲琳……親切的笑容……陽光的氣息……

「還有兩分鐘。」望月突然揚聲。

他蹙眉，繼續搜尋。洛菲琳，像是燦爛美麗的向日葵，充滿朝氣、充滿生機。

媽的，向日葵是什麼味道？

「白優聿，還有一分鐘啊！」

死人望月吵死了！他不禁煩躁起來。

不不不。他必須冷靜下來。洛菲琳等著他們，洛菲琳向來信任他們，他們還約好了此次任務之後回去烤肉的，他不可以讓洛菲琳回不去。

「該死！還有三十秒！白優聿！」

拜託……一定要找到她。

閉起眼睛的黑暗盡頭，他握緊雙拳對自己這麼說著。他不可以讓任何人在此次任務中回不去。

他不會再讓自己失去任何一位夥伴。

倏地，一股淡淡的香氣飄然入鼻，極輕極淡的一閃即逝……白優聿馬上睜開眼睛，飛快跳下桌子衝向前，伸手探向書櫃第二排最尾端的一本藍皮書。

十秒、九、八、七、六、五……

白優聿抱住藍皮書跪倒在地，奮力掀開厚重的書皮——

四、三、二……

一道刺眼光芒迸現，望月和白優聿同時舉臂護住眼睛。光芒很快退散，一抹纖瘦的身影從半空墜落，跌坐在地。

CH9 尼瑙之眼

「琰琰，你回來了。」

琰走進偌大華麗的臥室，先是看到坐在皮質沙發上的馬蘭先生和管家露娜，二人在看到他的同時一驚，不由自主地顫抖起來。他沒有理會這兩人，逕自走到吧檯，來到向他打招呼的少女面前。

「這是為琰琰準備的。」少女穿著一襲粉紅小洋裝，美麗臉蛋上揚起甜美的笑容，將一杯深藍色的飲料遞過來。

琰蹙眉，推開那杯聞起來怪怪的飲料。「東西準備好了？」

少女嘟起嘴，咕噥一句不識貨，這才點頭。「早就準備好了，莉雅辦事你放心。」

他嗯了一聲，馬蘭卻在這個時候發出一聲驚呼，指著尾隨他進來的青佐。

「你、你是連……連子俊?!」

青佐露出玩味的笑容，刻意以平日的平板腔調說話。「不止呢，我還是那位專為克羅恩小姐注射藥物的神父。」

馬蘭咚的一聲摔下來，瞪目指著他。「你、你們到底是人還是惡魔？」

「在琰大人和莉雅大人面前這麼說話，你真是失禮啊，校長。」青佐上前，將馬蘭從地板上揪起。「你不記得了嗎？當初我們幫你處理掉艾克斯的時候，你對我們流露出崇敬有加的表情，就好像把我們當作是聖人。」

馬蘭張了張嘴，顫抖的身軀洩露他的懼意。他驀地搖頭大叫。

「不是！當初、當初我們立下交易的時候，我只要你們將艾克斯帶離克羅恩身邊，並沒有要你們殺他！是你們！是你們當初逼我——」

「逼這個字，不可以亂說喔。」青佐一把掐住馬蘭的脖子，引得一旁的露娜驚恐尖叫。他嘻嘻一笑，將馬蘭拉近。

「你不想自己的女兒和艾克斯在一起，唯一能夠讓他們永遠分開的方法就是讓他們生死分離，我們只是完成你的委託，並沒有強迫你喔。」

「不是！這不是我的本意！我、我沒有要艾克斯死，我只是要他離開我的女兒，是你們殺了他，還連累到我的女兒變成這個樣子！」

「你真能說。當初是誰跪在地上懇求我們，說只要讓克羅恩永遠留在身邊，就願意付出一切代價？」

「我、我……」

青佐嘖嘖有聲，鬆開手。馬蘭頹然倒在地上，露娜哭叫著上前抱過他。他猛地推開露娜，上前抱過青佐的大腿。

「我求你！現在我再求求你們，讓克羅恩醒過來，不要再讓她受這種苦！」

「哼。」

「青佐。」琰開口阻止要動手的青佐，站起走到馬蘭面前蹲下。「馬蘭先生，請你放心，你很快就可以和克羅恩小姐重聚。只要我們完成『噬』的儀式，你就可以和她見面了。」

馬蘭張了張嘴，難以置信地看著他。他淡笑站起走回原位。

「琰琰，你說謊的技巧很爛。」莉雅擠擠眼，調皮地取笑他。

「我沒說謊。完成『噬』的儀式之後，我會讓青佐送他下去，讓他和克羅恩在輪迴之門重聚。」他輕聲說著。

「啊咧，你真的那麼好心？」

「呵，完成『噬』這個儀式之後，我沒必要留克羅恩的亡魂在世上。」

「你看起來很有信心。不過，莉雅好心提醒你一句，小白和小月不好惹喔。尼瑙之眼或許困不住他們。」

「我有說過要困住他們嗎？」琰一笑，推了推鼻梁上的墨鏡。莉雅輕咦一聲，等著他的解答。

「妳很快會知道答案。」俊顏上盛滿森冷陰沉。

◎ ◎ ◎

「現在怎麼辦？我們被困在尼瑙之眼裡面，克萊兒她，我是說克羅恩她的身體又要用來進行什麼古怪儀式，我們來不及趕去阻止的話——」

「冷靜一點，洛菲琳！」

剛從書中被救出來的洛菲琳一邊焦急喊話一邊緊捏著白優聿的手臂，後者忍無可忍，攫過她的肩膀一晃冷喝。

洛菲琳瞠目，她的氣息紊亂，還沒有從震驚中恢復過來。白優聿的吼聲讓她愣在原地，呆呆地看著他。

「我們一定會想到辦法出去，一定會。」他說得無比堅定，洛菲琳張了張嘴，緊捏他手臂的手鬆開。

白優聿輕輕按住她的頭，眼神落在正努力探測尼瑙之眼反應的望月，蹙起了眉，他當即走了過去。

「找不出一絲破綻。」望月搖頭。

「真的沒有破綻嗎？」

望月順手將椅子擲向門口，椅子一碰觸到光柱，立刻轟的一聲化為灰燼。

「如果由上面的缺口出去？」白優聿指向朝天衝去的光柱，上面是破了一個大洞口的屋頂。

望月揮手讓一隻冥銀之蝶按照他的說法往屋瓦的缺口飛去。冥銀之蝶飛呀飛的，甫靠近出口就猛地轟一聲，化為灰燼。

光柱是尼瑙之眼的外線守護牆，就算擁有再強大的力量也難以將光柱擊破。

二人面面相覷，同時看到沮喪。再這樣下去，他們該怎麼阻止琰和青佐？

「我或許……可以幫到忙。」

二人回首，看到了終於鎮定下來的洛菲琳。白優聿打起一記響指，高興地一叫。「對了。

穹光之眼！」

她點頭，當即摘下眼鏡。

可以的。她一定可以。她之前都試過破解梵杉學園裡面的「龍朵的擁抱」的法陣。聚精會神。只要用心去觀察就好。

「洛菲琳的眼睛是封印？」望月微挑眉。

「厲害吧。她的雙眼可以看穿一切留有生命印跡的東西，如果被人碰觸過的東西，她只要看一下，就可以看出那人的長相、那人當時的動作，還有——」

「也就是說，當初她不是破解龍朵的擁抱，而是看到之前老師們留下的印跡，依樣畫葫蘆。」望月一點即明。

「所以，這次我們一定可以——」白優聿信心滿滿的說著。

倏然，洛菲琳發出一聲尖叫，整個人抱著頭跪倒在地。二人大驚搶上，白優聿攬過她的肩膀，發現她不斷顫抖，捂著眼睛露出痛苦的表情。

「怎麼了？洛菲琳！」

洛菲琳還是不住顫抖，白優聿讓她偎向自己懷裡，按著她的頭。「沒事，沒事了。」

望月蹙眉，看向眼前這個古老法陣。古老法陣甚具靈性，並不允許任何人的「窺視」，說不定因此讓洛菲琳遭到反噬了。

「我……我看到了。」洛菲琳此刻卻發出微弱的聲音。

「真的？」

洛菲琳伸出輕顫的手指，指向地面上的眼睛。

「毀去……這個力量的泉源……就行了。」

白優聿抬首看向望月。望月二話不說就上前，卻被白優聿喚住。

「望月！等一下！」

望月停下，看著站起的白優聿。

「尼瑙之眼是古老的法陣，它不會讓自己的弱點就這樣曝露，就算我們知道它的弱點也未必——」

「你的意思是要我別攻擊它的弱點？不這麼做，我們怎麼出去？」

「望月！這是古老的封印，力量遠超過你的冥銀之蝶，你想去送死嗎?!」

望月蹙眉，轉過身不去理會激動的白優聿。「等一下缺口一旦打開，你帶著洛菲琳一起衝進去。」

「不可以！你這麼做是找死！」白優聿說什麼也不答應。

但，固執的望月沒有因為他的話停下，他衝上前，一把揪過金髮少年。「冷靜一點！我們可以再想辦法！」

望月用力推開他的手，厲聲一喝：「現在沒時間了！那班人肯定是利用克羅恩的身軀來進行禁忌儀式，難道我們為了自己的安危就不管克羅恩的死活？不阻止他們的陰謀？」

「阻止是必要，但不是叫你拿自己的命去阻止！修蕾叫我們來這裡是調查真相，不是送死！」

「你那麼怕死就閃開，我不會阻止你！」

望月說完就轉身，白優聿咬牙衝上，一把扳過他的肩膀，猛地一拳揮了過去。

洛菲琳驚呼起來，始料未及的望月踉蹌後退，怔愣看著發狠的白優聿。

「是，我是怕死，我對死亡是充滿害怕！但是你知不知道，我不是害怕自己的死亡，我害怕的是看到別人死在自己面前，混蛋！」

「你閉嘴，白爛人！」少年一吼。

白優聿揪過對方的衣襟，以更憤怒的大吼蓋過對方的喝斥：「不要把死亡看得那麼容易！你根本就不知道看著別人在自己面前死去，自己一點也阻止不了的心情！」

望月的拳頭停止在半空，怔怔看著激動的白優聿。

悔恨……那是悔恨嗎？白優聿的表情變得好痛苦，眼神變得好複雜，望月突然想起了，他見過這樣的白優聿。

那個時候對方解開封印變得強大，卻在他耳畔低語說著：他憎恨自己，憎恨到恨不得讓自己消失的地步。

想到這裡，望月說不出話來，胸口燃滿的憤怒化作某種酸澀，他無力地垂下手。

白優聿也鬆開緊嵌著對方肩膀的手勁，垂頭不語。

「你們別打架！有話慢慢說。」終於回過神來的洛菲琳焦急衝上，擋在二人之間。

望月咬了咬牙，轉過身去。白優聿瞪著他的背影，知道現在誰也勸阻不了他。

那麼唯一的方法就是……

「讓我來。」

白優聿突然冒出這句話，不僅是洛菲琳怔住，望月也是一臉愕然。

「現在的我沒那個力量，不過另一個『我』或許可以。」白優聿抬眸堅定地看著望月。

的確。他極不願意接受自己的封印，甚至唾棄自己的力量。

但，此時此刻，唯有靠以前的力量和封印，他才可以阻止即將發生在克羅恩身上的慘劇，避免望月和洛菲琳受到傷害。

望月倏然明白他的意思，洛菲琳仍舊一頭霧水。「什麼是另一個我？聿？」

白優聿朝望月努嘴。「他明白的。」

「你們打什麼啞謎呀？」

洛菲琳冒出更多的問號，大地驀地轟的一聲晃動了一下，似乎不遠處發生了爆炸。

「是那個混蛋喬的力量。」白優聿蹙眉。他倒忘記了總部派來喬和路克這對拍檔，他們應該也發現了異樣正趕去阻止了吧？

「沒時間了，望月！」他喊著。

望月咬牙，終於攤開手心。

白優聿扯開望月手上傷處的繃帶，俯首湊前，嘴唇湊近。

鮮血流了出來，望月擰著眉頭，任由黑髮男子喝下血液。

「聿、聿、聿你在做什麼——」洛菲琳不禁尖叫起來。

幾乎同時，猛風捲起，四周的牆壁劇烈晃動起來，耀眼的光芒瞬間鋪蓋了整個空間。

光芒旋即散盡，洛菲琳睜開眼睛，驚詫地看著眼前的巨變。

以白優聿為中心，雙足所在之地綻放光芒，鋪蓋了整個大地。光芒鋪蓋的地面宛如鏡子般明潔光亮，然後奇怪扭曲的文字在地面浮現，越來越清晰。

「咒……咒言？」洛菲琳瞠目，搗著顫抖的嘴唇。

「呵，洛菲琳兒的表情和望月當時的表情很一致。」

白優聿解開了封印，此刻的他和平日的他有所不同，左瞳變成了綠色，左邊脖子上浮現一個畫了兩個十字聖痕印記的圖騰，這正是他的封印。

正確的說法是，他現在就是封印的本身——那個叫做聖示之痕的傢伙。

「你是聿？」洛菲琳往後踉蹌一步。

除了眸色和封印之外，白優聿的外表沒多大改變。不過此刻的他看起來深不可測，體內蘊含的力量超乎她的想像，他一點也不像平日的白優聿。

「洛菲琳，就讓我來親吻妳，這樣妳就知道我到底是誰……」

洛菲琳愕然杵立，他已經走了上來，熟練地攬過她的腰肢，右手溫柔地挑起她的下巴。

「真是一個美麗的女孩。」

白優聿微笑著說話，一個拳頭猛地揮了過來，他連忙往後閃開，盯著某個惱怒的金髮少年晃了下手指。

「小望月，玩偷襲是不乖的行為喔！」

「混蛋！現在還要玩——」拳頭攻擊失敗，望月的大腳狠狠踹來。

「我知道啦，親親望月。」白優聿往後躍開，拍了拍身上的灰塵，望了一眼四周。「切，搞成這個樣子，你們真是狼狽。」

洛菲琳驚疑不定地看著和白優聿很相似但又不是那麼相似的對方，冒出大大的問號。

「什麼你們啊？你……怎麼好像把自己說成剛剛加入我們？」

「唷，洛菲琳兒不知道？」白優聿搭過望月的肩膀，湊前耳語：「她不知道我和你的關係有多……親密嗎？」

啪的一聲，望月的理智線迸斷，一把揪過對方就大吼：「很好玩嗎？要不要我用冥銀之蝶肢解你？混蛋！再不認真我就殺了你！」

「嘖嘖，小望月好暴躁，每次都是這樣，一點也不珍惜人家對你的好……」白優聿扁嘴，攤攤手轉身。

望月咬牙切齒，洛菲琳扯了扯他的袖子，小心翼翼地問著。「望月，聿是不是受不了刺激……瘋了呀？」

「他不是瘋了，只不過是被自己的封印附身了，對吧，『聖示之痕』？」

「唷，望月好討厭喔，幹嘛拆穿人家的身分？」

「你玩夠了就給我認真，你應該也知道我們剩下不多的時間了。」

「嘖，望月一點也不好玩。」白優聿聳肩一笑，眼神落在前方的時候變得認真。

「尼瑙之眼？呵呵，有趣的東西。」

白優聿冷笑，回首伸出雙手。

「來，小望月，洛菲琳兒，握住我的手。」

二人分別露出驚疑嫌棄的表情，他強行握過二人的手，冷聲制止望月的反抗。「想快點出去的話，就別亂動。」

「現在是幹什麼？」洛菲琳完全搞不清楚狀況。

「呵，把我釋放出來的原因不就是為了要破壞這個法陣嗎？是的話就別囉唆。」

望月一怔，繁複冗長的咒言已經從白優聿嘴裡傳出，強大的力量四面八方擠壓過來，用力拉扯他和洛菲琳，他們就像是大海裡的浮遊生物，被一波又一波的海浪覆蓋。

耳邊傳來無數的咆哮和怒吼，震得雙耳嗡嗡作響，望月只覺得四周的氣壓驟降，大地晃動得厲害，他的身體快要被這種程度的晃動扯成碎片。

冷汗從他的額際沁出，他死死咬緊牙關，不讓自己晃得厲害的雙腿軟下。他睨了一眼身邊的洛菲琳，洛菲琳同樣露出痛苦的表情，要不是被白優聿緊緊拉著，整個人恐怕早就倒下了。

再仔細一看，望月倏然明白白優聿要將他和洛菲琳強行拉過的原因。

因為此刻在白優聿強大得變態的力量擠壓之下，四周的東西變成碎片，就連大地也裂開，只有他們三人立足之處還屬於完整。

也就是說，白優聿這麼做是為了保護他們不被自己的力量波及，這是聖示之痕設下的安全範圍。

此刻的白優聿……真是強大得可怕，望月不得不承認這一點。

猛地，白優聿喊出一個字。「滅！」

一股無比強大的力量推了上來，望月大叫出聲，同時聽到洛菲琳逸出的尖叫，身體的細胞彷彿在此刻被撕裂，復被無數細針扎入，劇痛達至頂點之時，四周的躁動驀地靜止了，擠壓他們的力量也瞬間消失。

三人同時脫力地跪倒在地，啪地一聲細響，地面上的尼瑙之眼出現裂痕，斷成兩截。本是圍繞著整座圖書館的光柱開始化為點點螢光，往四周散開。

「成、成功了嗎？」洛菲琳顫抖著開口，卻看見白優聿比個噤聲的手勢。

眼前的點點螢光倏然凝聚，拼湊出清晰的畫面。

他們不禁看得一怔。

第一幅畫面是馬蘭先生和一抹青影面對面站著。他們只瞧清楚青影的背影，青影不知說了些什麼，隨即在馬蘭與自己的手心劃下一刀，還拍著馬蘭的肩膀點頭。

第二幅畫面中映出艾克斯緊抱著克羅恩滾下廢置校舍的樓梯，樓梯上面站著一個模糊的青影，正是之前與馬蘭見面的青影。青影手指輕彈，一大片鮮血濺出，克羅恩摟著浴血的艾克斯哭嚎。

另一幅畫面在此時浮現。克羅恩跪跌在地，滿臉驚恐，之前出現的青影按住她的額際，口中念念有詞的同時黑霧湧現包圍了她，下一刻少女的魂魄被揪出，伴著淒厲的喊聲，少女克羅恩的亡魂被封入一本紅皮書中。

畫面的光芒褪盡，第四幅畫面出現。禁錮了亡魂克羅恩的紅皮書倏然飛起，躍出了青影的控制，消失在遙遠的彼方。

接著，螢光很快拼湊出另一幅畫面，兩道聲音從遙遠的地方傳來。

一個長髮的美麗少女和一個英氣十足的男子站在湖邊，緊緊握住彼此的手。男子面相生疏，女子卻是十分面善，就連二人所在的湖邊景色也是無比熟悉。

「艾克斯，父親安排了潘德多家族的二少爺後晚來我家見面。」少女嘆息，握緊男子的手。「我已經和他說得很清楚，我愛的人是你，可是他偏要拆散我們。我真的很怕，艾克斯……」

「放心。我已經安排好了一切，今晚我們就離開海頓，離開梅斐多城，去一個沒人認識我們的地方一起快樂地生活。」男子摟緊她安撫。

「要是被父親知道了，他一定會很生氣，一定會阻止我們。」

「不，我們不會讓他知道，倒是妳願意跟我走嗎？以後我們說不定會一起——」

「一起挨苦，一起幸福嗎？嗯，我願意。」

看著兩抹相依相偎的身影，白優聿蹙眉，洛菲琳低呼一聲：「……這是克羅恩和艾克斯的記憶？」

「難道尼瑙之眼守護的是克羅恩的記憶？」望月也是一驚。

尼瑙之眼是古老而神奇的封印，它會自己選擇值得守護的東西。只不過他沒想到，出現在海頓學園的尼瑙之眼竟然是為了守護克羅恩的記憶。

克羅恩的記憶……到底暗藏什麼玄機？

「看來真的是這樣……唔。」白優聿握了握拳，整個人突然間往前傾下。

「白優聿！」

「咳咳咳……」鮮血從他唇角滑落，他緊閉雙眼之後睜開，搖了搖頭。

是剛才強行破壞尼瑙之眼所承受的傷勢嗎？

望月有些擔心，黑髮男子已經強撐著站起，輕聲說著。

「尼瑙之眼守護著克羅恩的記憶……這代表她的記憶背後肯定有暗藏的意思。」

望月啊了一聲，恍然說著：「琰刻意將我們困於尼瑙之眼裡面，並沒有直接殺了我們。說不定他正是要我們……破壞尼瑙之眼？」

白優聿一臉凝重，一旁的洛菲琳卻摀著嘴巴，眼泛淚光。

「剛才那些是什麼？」

那些畫面，她看得十分清楚，同時也深深感受到其中的恐懼和絕望。

「那是克羅恩．馬蘭的記憶碎片。也就是說，你們剛才所見的，都是七年前真實發生的經過。」

一把熟悉的聲音傳來，嚇得洛菲琳一驚。

身周的景物開始蛻變，黑霧倏然掩至，包圍了他們。白優聿揚手，無數的細線竄起，劃開圍繞上來的黑霧。

黑霧極快散開，他們不再是身處圖書館，而是來到一間華麗偌大的臥室。

「空間轉移？不錯。」白優聿冷笑。

出現在他們面前的正是戴著墨鏡的琰，對方露出了淺笑。

「謝謝你們破壞了尼瑙之眼，也謝謝你們幫我們毀去……阻擾『噬』儀式的障礙。」

CH10

復活與仇恨

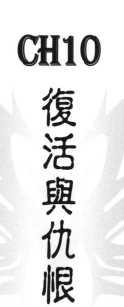

華麗偌大的臥室內，充斥著濃郁的血氣味道。

琰褪去之前的灰色風衣裝扮，而是穿上了一襲黑色的長袍，看起來有幾分像是神職人員的裝扮。

一個美麗的女子躺在地上，雙手交叉放在胸前。仔細一看，她正是亡魂被強行禁錮、昏迷七年的克羅恩．馬蘭。

她的四肢被一道又一道的鐵鏈拴綁著，鐵鏈的另一端深埋入地面，不知繫往何處。地面以鮮血畫下十三個古老的符號，圍繞著克羅恩，詭異而神祕。

「馬蘭叔叔！露娜阿姨！」洛菲琳倏地尖叫起來。

另一邊，海頓學園的校長馬蘭先生雙眼圓瞠，全身僵硬地倒在地上，身邊的露娜也是全身僵硬，二人看起來已經沒了生命的跡象。

「你、你殺了馬蘭叔叔和露娜阿姨！」洛菲琳悲憤大吼。

「別太驚惶。我只不過是完成馬蘭先生的心願。他要和他的女兒團聚。」琰擺擺手，露出一副苦惱的表情。「一如妳所知，克羅恩的魂魄被我強行取出，基本上來說她已經死了，所以讓馬蘭先生和她團聚的方法就唯有這樣。」

「你不是人！馬蘭叔叔——」

白優聿一把攬過激動奔上去的洛菲琳，將她推給望月，瞇起眼睛看向笑得怡然自得的琰，冷聲問著：「你剛才說的話是什麼意思？」

「就是字面上的意思。」

「噢噢，原來是字面上的意思。」

琰的笑容瞬間逸去，極快往後躍開。地面啪喇一聲往下陷去，他嘖嘖有聲。

「怎麼才一下子的功夫你就變得如此暴戾了？要是我的反應慢一拍，被炸開的恐怕是我的頭顱。」

「那也未必。」白優聿咧嘴一笑，右手握拳。

琰一怔，雙腿傳來微微的刺痛，低首一看，駭然發現自己的雙腿被無數細線纏上。只要白優聿輕輕一扯，他的雙腿定會被扯成碎片。

「白優聿，那位大人口中不容小覷的人物。現在的你強得多了，這就是解開封印的你？」琰輕鬆一笑搖頭。「三年前封印神奇地消失，三年後封印神奇的出現，你真是一個神祕的人類呀，白優聿。」

白優聿臉色一沉。「你要是再說不中聽的話，我說不定真的會扯爛你的腿。」

「嘖嘖。我竟然被人低估了。」

琰搖頭，一團黑霧從他腳底湧上，嗤嗤的聲音傳出。白優聿臉色一變，極快縮回手，細線的前端已經叫對方釋放的黑霧腐蝕了一半。

「放心，為了表達我的謝意，我會讓你們知道一切。」琰揮了揮手，黑霧頓時逸去。

白優聿咬牙，望月走了上來。「你到底想說什麼？」

「一切你們想知道的。」琰揚起手，一本紅皮書平空出現，握在他手中。他晃了一下書本，清楚看到三人咬牙的表情。「很眼熟吧？亡魂克羅恩就在裡面。就如你們在尼瑙之眼裡頭見到的記憶碎片，當年將她的魂魄強行取出禁錮的人就是我。」

三人震驚，不約而同握緊拳頭，卻聽著對方爽朗的笑聲。

「為什麼我要這麼做？這個問題一定是你們想問的，答案很簡單……我們需要她的身體。」琰指向躺臥在地上的那副女人胴體。

「要她的身體……所以強行取出她的魂魄？」洛菲琳不禁瞠目。

「洛菲琳小姐猜對了。一個身體不可以有兩個宿主，為了完成那位大人的心願，我們唯有將克羅恩小姐的亡魂取出。我們找上了反對克羅恩和艾克斯這段戀情的校長馬蘭先生，表面上答應幫他拆散這對戀人，其實是透過馬蘭先生接觸到克羅恩小姐。」

「什麼意思？」望月聽出了不妥，白優聿挑眉。

琰冷笑。「在尼瑙之眼裡面，你們看到了克羅恩的記憶。換言之，尼瑙之眼守護的東西就是克羅恩的本體，尼瑙之眼可以隔絕一切靈體的力量，包括我。為了取出克羅恩的亡魂，我拿了馬蘭先生的鮮血，因為唯有血親的鮮血才可以斷去尼瑙之眼施下的結界，讓我的力量發揮出來。」

洛菲琳低呼出聲。她想起了在尼瑙之眼中看到的第一幅畫面。

琰冷眼看著震驚的望月和白優聿。

「當然。尼瑙之眼是上古的封印，力量強大非凡。我雖然成功取出克羅恩的亡魂，卻無法順利滅殺她的亡魂。」

「滅殺……亡魂？」望月猛地想到了一件事。

「看來你明白了。沒錯，你們在廢置校舍遇上的那隻火靈，就是我滅殺的例子之一。」琰冷笑，瞄向他。「你該不會認為火靈是自殺的吧？」

望月咬牙，白優聿冷冷看向琰。「所以，你只好將亡魂禁錮在書中，動了手腳，讓亡魂克羅恩逐漸墮落成為惡靈。」

「沒錯，只要她墮落為惡靈，神聖的尼瑙之眼是不會守護一隻骯髒的惡靈，到時候她的身體就是完全屬於那位大人的。只不過，沒想到後來她會無端端從我們手裡消失，甚至越過梅斐多城去到你們手中。」

望月終於明白，亡魂克羅恩身上會出現變成惡靈的灰色鱗片的原因是，對方在克羅恩身上施了奇怪的咒言。

「我們一得到她尚未變成惡靈的消息之後就火速進行另一個計畫。如果無法讓尼瑙之眼捨棄她，我們就毀了尼瑙之眼，最終的結果還是能夠讓我們擁有她的軀體。」琰仰首一笑，指向了白優聿。「你就是破壞尼瑙之眼的關鍵。所以——」

「所以你將我們引進圖書館，啟動了尼瑙之眼，就是要讓我們毀去尼瑙之眼！」望月咬牙叫道。

「哈哈，要這麼做還真的不簡單。我首先安排青佐偷去你們手上的紅皮書，然後將紅皮書放在克羅恩的寢室內。我這麼做都是為了要提醒你們，書本裡面禁錮的亡魂就是克羅恩。只要你們循著線索一點一點去追尋，我就有辦法將你們引進圖書館，為我破壞尼瑙之眼。」

「你、你太可惡了！」洛菲琳也忍不住怒吼。

白優聿聳了聳肩。「小望月，洛菲琳兒，激動也沒用。現在重要的是怎麼收拾殘局。」

「笨蛋！你說得輕鬆！我們怎麼可能重建一個尼瑙之眼？」大前提是，尼瑙之眼並不是人力可以建造出來的封印。

「誰說的，只要幹掉他，事情不就解決了嗎？」白優聿攤手。

「嘿，你忘記了我手中的書本禁錮了克羅恩，你動手的話，我就動手滅殺她。」琰冷笑，現在沒了尼瑙之眼的守護，要滅殺克羅恩的亡魂是輕而易舉的事情。

「你以為我會介意那隻區區的亡魂？反正任務的目標是要查出真相，不是要保住亡魂。」白優聿同樣冷笑。

「那就賭一把。」

「聿！不要！」洛菲琳緊張大叫，望月握緊拳頭，同樣蹙眉盯著白優聿。

驀地，牆壁被轟出一個大洞，一個人飛跌進來，定眼一看，竟然是青佐。同樣躍進的是一個穿著粉紅小洋裝的少女，少女的表情略帶慌張，衝著琰一喝。

「琰，還沒搞定嗎？」

望月一驚，認得少女正是上次出現在艾特伯爵府的豬籠草少女——莉雅。

琰蹙眉，洞口躍入兩條身影，正是總部派來調查火靈事件的路克和喬。

「哼！廢柴，你怎麼又出現在這裡？」喬每次見著白優聿都沒好臉色。

白優聿不語，手一揚，無數細線襲向喬。後者驚呼起來，忙不迭躍開閃過。

「聿，你的封印……」路克一臉驚詫。

「路克，你們查出了什麼？」白優聿問著。

路克一怔，但他很快撇去心底的驚訝。

「情報組根據海頓學園氣場的變化作出調查，結果顯示海頓學園有人正打算進行『噬』儀式，也就是借用活人肉體作為復活工具的儀式。」

「什麼?!」白優聿三人不禁驚呼。

琰口中的儀式就是利用克羅恩的軀體作為……復活的工具?!

「嘖嘖，引渡人總部真的了不起，這樣都查出來了。只不過就算被你們發現也不要緊了，因為在你們破壞尼瑙之眼的同時，那位大人已經將儀式完成了。」琰冷笑。

說完的同時，拴綁著克羅恩身體的鐵鏈如同應驗著他的說話，噹啷一聲，盡數斷開。

幾乎同時，圍繞著克羅恩身周的十三個鮮血符號驀地綻放血色光芒，覆蓋了克羅恩的身軀。

「這是什麼?!」

「該死！我現在就把你們給炸了！」

「喬，別衝動！」

琰欣賞著他們的震驚，唯獨是白優聿的冷靜讓他意外地挑眉。

「那位大人指的是誰？」白優聿冷聲問著。

「噢，我還以為你一早就意識到的。」琰揉著眉骨，表情變得有些苦惱。「再怎麼說，『他』曾經和你交手，還逼得你對自己的美人拍檔下殺手……」

白優聿瞠目，猛地大吼。「混蛋！你說什麼——」

「莉雅，青佐，那位大人已經成功了，我們現在撤退。」對方顯然沒意思再說下去。

一揮手間，一團黑霧包圍了克羅恩的軀體，白優聿只能眼睜睜地看著克羅恩的身軀被黑霧淹沒——

「想逃？沒那麼容易！」喬冷哼，雙手交叉一揮，兩團火球朝琰擲去。

望月也是揮動冥銀之蝶，冥銀之蝶從對方後面襲來。

琰不閃也不避，從容地摘下墨鏡。洛菲琳不禁低呼起來，眾人盡皆驚愕，對方的眼珠竟然被掏空，露出兩隻空洞森然的窟窿。

火球和冥銀之蝶在靠近對方的三尺範圍內頓時無效，火球噗的一聲滅了，冥銀之蝶也是噗的一聲化為灰燼，對方冷笑，但是下一秒，無聲的利刃劃過他的肩膀，他驚險閃過，但還是被利刃劃開一道口子，臉色稍變。

白優聿揚手，細線再次從地面竄湧，狠狠襲向對方。

只是，黑霧已經在這個時候將對方三人包圍組成一道防線，白優聿的細線被黑霧腐蝕成一灘液體。

「克羅恩的身體就由我們接管了。對了，禁錮亡魂克羅恩的書本就交給你們處理。」

笑聲從黑霧中傳出，紅皮書從黑霧中飛甩出來。四周的空間開始扭曲，牆壁崩塌、地面沉陷，支撐起整間屋子的柱子碎裂，瓦片紛紛掉落。

「該死！這是什麼鬼空間轉移？」喬大吼。

「別說這麼多，快走！」路克拉過洛菲琳，洛菲琳緊緊抱著那本紅皮書。

「白優聿！」望月喊著仍舊杵在原地不斷攻擊的黑髮男子。

白優聿沒有停手，像是陷入瘋狂狀態的不斷揮動細線，一次次襲向黑霧，又一次次看著細線被腐蝕成一灘液體，他嘴裡大吼，連串的咒言逸出，卻始終無法突破那團黑霧。

「走啦！白優聿！」望月上前扯過他，同樣大吼。

「讓開！我要將那個混蛋揪回來！我要他說清楚那位大人是誰！」

「你瘋了！這裡要崩塌了，那個混蛋也逃走了，你給我冷靜下來！」

「你滾開！」

白優聿瘋狂推開望月，發狠往黑霧衝去。望月一驚，由後攬過他的腰身，死命將他往反方向扯去。

「白優聿！混蛋！你給我回來！給我回來！」

「放開我！放手——」

屋瓦紛紛落下，樓宇開始倒塌，塵土飛揚之下黑霧越來越稀疏，漸漸消失，這也代表敵方三人也遠遠逃離了。

「該死！別逃！我要你說清楚！」白優聿瘋狂大吼，銳利如劍的細線飛射往前。轟的一聲，臥室的牆壁再也承受不住盡數崩塌，一大片的屋瓦當頭砸下，望月咬牙抱緊瘋狂的白優聿，以身護住對方。

「冥銀之蝶！」

冥銀之蝶紛飛，圍繞在主人和白優聿的身邊保護著他們。塵土飛揚，耳邊不斷傳來轟隆隆的聲音，地面劇烈晃動，一雙纖瘦的手臂緊緊環住了他逐漸冰冷的身軀，白優聿不由得停下了攻擊。

耳邊呼嘯而過的分不清是什麼雜音，但是隱約間，他彷彿看到了臻臨終前的虛弱笑容。

就在那一天，他眼睜睜看著臻失控，看著臻瘋狂的攻擊自己。

是他為了阻止意識被操控的臻、為了保住自己的性命，所以才下手殺了臻！

是他親手殺了臻！

他引以為榮的封印能力成了害死自己最親之人的武器……

——別哭……你……做對了……

那個老女人一直把他當成是弟弟看待。

他知道的，但是他想成為一個保護她的男人！

——只要我們其中一個可以代替死去的對方活下去，那就足夠了。

那是她嚥下最後一口氣前這麼說著……

笨女人！妳為什麼不代替我活下去？

為什麼妳不代替我承受失去最重要之人的痛苦？

「啊——」

他張大嘴巴，逸出撕心裂肺的吼聲，像是受傷瀕死的野獸，全身劇烈顫抖，就連呼吸也顫抖了。

身後那雙纖瘦的手臂抱得他更緊。彷彿發誓不會放開他。

該死的望月……誰要這小子多管閒事？

那是他失去意識前的最後一個想法。

☽ ☽ ☽

「總部已經派人來處理接下來的事情，海頓學園這段時間也將受到總部的密切關注。」

「獨羅還有查出什麼嗎？關於琰、青佐和莉雅這三個人。」

「暫時沒有。他們就好像人間蒸發。不過放心吧望月，獨羅分設的人會有辦法找到他們。」

「是。」

對話隱約傳入耳中，白優聿睜開眼睛，怔了好一下這才猛地坐起。

這裡是哪裡？不是他在梵杉學園的宿舍，倒像是——

引渡人總部的房間！

「哇啊，我什麼時候回到這個鬼地方?!」白優聿掙扎著要跳下床的同時，他的房門陡地被打開。

「聿應該沒問題了，你也好好休息吧，這兩天來你不曾闔眼——」某人邊說話邊推開房門，剛好迎上一臉震驚的白優聿，當即一笑。「聿，你終於醒了。」

雪白長髮男子笑容可掬，親切無比地朝他點點頭。

白優聿微訝，眨了眨眼。「路……克?!」

跟在路克身後的是金髮少年，藍色瞳眸靜靜地盯了過來，眼神似乎蘊藏了一些他理解不了的情緒。

「望月。」他叫著少年的名字，一瞄到對方身上纏著的繃帶，不禁一驚。「喂，你沒事吧？」

望月臉色一沉，像是極力抑制自己的怒氣。他一怔，那份冷肅的氣息讓他不自然地摸頭傻笑：「我……該不是又得罪你了吧？」

望月的拳頭握得格格作響，白優聿連忙向一旁的路克打眼色求救，後者一笑。「你們自己聊吧，別忘記一個小時後，那個儀式就要開始了。」

「是。」望月對自己的前輩頷首相送，一等對方離開，肅殺的眼神就掃射過來。

「等一下，殺我之前至少讓我死得明白……啊……」

大手一把揪過白優聿的衣襟，他頓時退無可退，哭喪著臉看向咬牙切齒的望月。接下來，望月掄起拳頭，他哀呼一聲，捂住自己的臉蛋閉眼大叫。

「說好別打臉！」

啪的一聲，拳頭揮落，白優聿驚訝地睜開眼睛，望月的拳頭擊向他跟前的床墊上，他不禁一怔。「望月？」

「混蛋！你這個只會說別人卻不會好好自我反省的混蛋白優聿！」

「啊咧？」

「你這個死混蛋，我為什麼要和你這種人做搭檔？怕死的時候變得不可理喻，不怕死的時候也變得不可理喻！和你這種混蛋搭檔是我倒上八輩子的楣——」

衣襟被揪得死緊，幾乎下一秒就要撕裂，望月咬牙吼罵，額頭青筋浮現，口水全部噴濺上他的臉蛋，白優聿瞠目看著激怒的望月，腦海裡掠過了零碎的記憶。

地面晃動，牆壁塌下，整棟房子正在倒塌……

他不願離開，發瘋地攻擊，一雙手臂緊緊抱過他，一把聲音不斷在他耳邊吼叫……

你給我回來，給我回來！

那雙手臂緊緊環過冰冷的他，拉緊他逐漸下沉的心，也拉回了逐漸迷失癲狂的他，原來是這樣……是望月將他拉了回來。

雖然他不是記得很清楚，但是仔細回想，他記起了琰說過的話，也知道自己在那種情況下一定做出了讓大家都擔心的事情。

「對不起，望月。」他盤腳坐好，垂首道歉。

望月微愣，停下了咒罵，將他推開，嗤了一聲。

「讓你擔心了，我下次不敢了。」白優聿抬頭，衝著少年微笑，眼神卻是戚然。

啪的一聲，一個拳頭揮了過來，正中他的右眼，他搗眼怪叫起來：「幹……幹什麼啊?!」

哪知道，望月的表情更加猙獰，揪過他冷聲開口：「聽好!第一，我沒有擔心你，絕對沒有!第二，下次你想要送死的話，記得事先通知我，因為我不想被你拖、累!」

白優聿怔怔地看著對方，沒有預期中的頹喪還是激動。半晌，他撇過臉去，輕輕嗯了一聲。「我知道。」

望月的手微微一抖，但少年極快逸去心底的罪惡感，重重哼了一聲。「知道就好。」

「我知道的是指你對我的關心。」

「啊?!」

「望月沒有擔心我，只是關心我而已。而且他最喜歡口是心非，像個老媽子一樣，明明就是關心得要命，還硬要裝出巴不得我去送死的表情，真是一點也不老實……」

青筋爆現，望月咬牙，掄起拳頭就要砸落，白優聿卻對著他一笑。

「不過，這也是你的優點。掩飾起來的友情比顯露出來的，強得多，好得多。」

望月臉上不禁一紅，納悶地挑眉。

掩飾起來的友情……他和白優聿存有這種關係嗎？

「你去死好了。」最後，他酷酷吐出這句話，轉過身去。

白優聿捂嘴偷笑，但笑沒幾下，心底那份沉重再次湧上。他看著窗外的湛藍天空，輕輕嘆息。

琰口中的那位大人就是當年陷害他和臻的幕後黑手。

知道了這個真相之後，他以後的日子不能再混下去。

「亡魂克羅恩……總部打算怎麼處置？」半晌，他掩去心底的想法，開口。

望月轉過身來，睨他一眼。「一個小時過後，引渡她。」

尾聲　有他的守候

引渡亡魂克羅恩的地點選擇在引渡人總部高樓的頂端。

回到這個三年前熟悉的所在，白優聿整個人像是被陰霾籠罩。更別提在場的還有一個一碰面就會讓他火大的人物，喬。

兩個男人互瞅對方，要不是路克在旁陪笑圓場，二人恐怕早已幹上一場架。

「喂，那個紅髮的怎麼還不來？」喬等得發怒，一邊瞅著白優聿一邊叫喊。

「不好意思，那個紅髮的女生是有名字的，叫作洛菲琳。哈，我也不能對你有太大的期望，畢竟你是個無法好好稱呼別人的野蠻人！」

「啥？總比你這枚除了會把妹之外什麼也不會的廢柴有用！」

「你說什麼，噴火怪物！」

「該死！誰是噴火怪物？你這個只懂得用下半身思考的廢柴！」

「望月！借你的血來，我要將這個噴火怪物殺了！」

「路克，你別一直扯著我，別阻攔我和這個笨蛋廢柴幹架！」

望月翻個白眼，路克垂下肩膀嘆息，腳步聲適時響起，洛菲琳捧著紅皮書奔了過來，氣喘吁吁地道歉。

「對不起……我遲到了……」

「嗤，這樣也會遲到，真是沒用。」喬冷哼。

路克連忙打圓場。「洛菲琳也是剛剛從海頓學園趕回來。海頓學園亂成一團，身為海頓理事長孫女的她也是忙著幫祖父處理事情。對嗎？」

洛菲琳點頭，揮了一把汗。

望月不想再讓失控二人組鬧下去，說著。「路克，現在可以開始引渡了嗎？」

路克望向洛菲琳，她抿了抿唇，將紅皮書輕放在地上，掀開了首頁。

一抹亡魂頓時浮現，本是少女形態的克羅恩已經變回真正年齡的外表和相貌。她一身素雅的白衫，向各人躬身，眼神最後落在白優聿身上。

「聿，謝謝你們完成了承諾，幫我找出了真相。」

「我們沒有真正幫上什麼。」白優聿有些黯然地搖頭。

「不……這已經足夠了。我很感激你們。」克羅恩看向另一邊，微笑著道：「望月、洛菲琳，謝謝你們！」

望月不語，洛菲琳雙眸含淚，努力不讓自己流淚。

「克羅恩．馬蘭，差不多是時間了。抱歉，我的淨化術只能撐到這個時候。」路克揚手，一條淡紫色的絲帶緊握在手，淡紫色正逐漸淡化。

當時他用淨化術暫緩她變成惡靈，但是這個淨化術只能維持多兩天。

克羅恩點頭，說了一聲謝謝，再次看向幫了她不少的三人。「你們別難過，雖然要我離開這美麗的世界，我的確有少許的不甘心，但只要想到離開之後就可以去到有『他』存在的地方，我就沒遺憾了。」

「……艾克斯吧？」白優聿一笑，眼神戚然。「他一定會在輪迴之門那裡守候妳的。」

他相信這一點。

「我也相信。」克羅恩回以一笑。「我要走了，艾克斯一定在輪迴之門等了我好久，嗯，還有爸爸和露娜阿姨呢。我真的很感激你們，很高興能夠認識你們。」

路克低唸咒言，克羅恩身後出現一扇純白色的中古式大門。古老的大門刻滿繁複的圖騰和咒言，隨著一道沉重的鐘聲響起，大門緩緩往兩旁開啟，裡面盡是一片黑暗混沌。

這扇門就是傳說中的輪迴之門。

下一秒，門框上的古怪文字鋪成一條道路，直接引向門的另一端。克羅恩向眾人揮手，頭也不回地走上這條道路，最終化為塵埃。

「引渡普通魂魄，輪迴之門的符印會鋪出一條康莊大道；反之引渡惡靈，輪迴之門的符印會將惡靈束縛，強行拉向輪迴。」路克低聲說著。

洛菲琳再也忍不住轉身靠向白優聿，哭了出來。白優聿拍著她的肩膀，心底也是戚然。一旁的望月握緊拳頭，眼神也稍稍流露出心底的傷感。

禁錮亡魂的事件就這樣落幕了，可是掀起的另一場陰謀卻剛剛開始。克羅恩的身體被用作復活的工具，復活的到底誰？那位大人到底又是誰？白優聿斂眉思忖，肩膀卻被人按了一記，他抬頭，迎上路克。

「總帥在辦公室等你，或許你應該過去見一見他。」

他一怔，眼神不由自主投向望月。望月沒說什麼，只是走了上來，越過他的時候低聲說著：「別耗太久，我們還要回去向修蕾大人報告。」

是啊……望月提醒了他，現在他們是搭檔的關係。

他頷首，搭上路克的肩膀。「也好。我剛好有事想問那個狐狸總帥。」

是時候讓隱瞞的一切都抖露出來了。

〈亡魂的記憶　完〉

最惡拍檔

高寶書版集團
gobooks.com.tw

輕世代 FW021
最惡拍檔02亡魂的記憶

作　者　秋十
繪　者　流翼
編　輯　張心怡
校　對　王藝婷、許佳文
排　版　彭立瑋
美術編輯　陸聖欣
出　版　英屬維京群島商高寶國際有限公司台灣分公司
　　　　Global Group Holdings, Ltd.
地　址　台北市內湖區洲子街88號3樓
網　址　gobooks.com.tw
電　話　(02) 27992788
電　郵　readers@gobooks.com.tw（讀者服務部）
　　　　pr@gobooks.com.tw（公關諮詢部）
傳　真　出版部　(02) 27990909　行銷部 (02) 27993088
郵政劃撥　19394552
戶　名　英屬維京群島商高寶國際有限公司台灣分公司
發　行　希代多媒體書版股份有限公司/Printed in Taiwan
初版日期　2013年3月

國家圖書館出版品預行編目(CIP)資料

最惡拍檔. 2, 亡魂的記憶 / 秋十著. -- 初版.
-- 臺北市 : 高寶國際, 2013.02-
冊 ;　公分. -- (輕世代 ; FW021)

ISBN 978-986-185-829-6(平裝)

857.7　　　　10200287

三日月

三日月